はじめましての朝

その夏、雨の日の午前、一家四人は暮しの手帖社の建物を見上げていました。壁面に《KURASHI NO TECHO》とアルファベットで書かれた、シックで古い三階建は「ビルヂング」って呼びたい雰囲気です。

妻は八歳の娘の手を引き、ぼくは二歳の息子を抱っこし、階段で三階まで上がってそおっと編集部のドアを開けました。

入るなり右手にダイニングがあって、そこでは大勢の編集部員が立ったまま食事中。不思議な光景ですが、これはランチではない。『暮しの手帖』名物の試作&試食会です。プロの先生からいただいたレシピをその通りにつくって、ちゃんと読者にお伝えできるか最終的に検証するというもの。

テーブルには鶏の唐揚げと、かぼちゃ料理が並べられています。

「わあ、いらっしゃい！」。編集部員のみんなが笑顔で迎えてくれました。

これからここに通うことになるぼくは思いつきで、たまたま京都からやってきていた家族に「おとうさんの新しい会社」を見せておこうと計画したのです。でもスタッフがこんなにたくさん、いっぺんにそろっているとはなあ。タイミングまちがえたか？

「家族です」とぼく。「はじめまして」と妻。娘は妻の手をぎゅっと握って半身を隠す。息子は父に強く抱きついてきます。うひゃあ、恥ずかしい！

一家は口々に勧められるまま、試食に参加です。そ、そんなつもりではなかったのに。

「すみません」「いただきます」「すみません」「ちょうだいします」の連続です。

息子は唐揚げをばくばく食べています。けっこうな偏食児なので意外です。おいしいんだな。いつものように顔をぷいっとそむけずよかった。あ、おかわりしてる。遠慮がない。安心してもいられません。冷や汗かきつつ妻の横顔を見ると、同じく頬を赤らめてぺこぺこしてる。よかった、恥ずかしがってる仲間がいた。

みんなが珍しい動物一家を見るように見つめてきます。そりゃそうでしょう、あんまり二歳や八歳が来ることはないだろうし。ほらほら子どもたち、感想を言うんだよ。試食なんだから。それなりに遠慮しつつもおかずを口に運び、むずかしい顔で食べていた娘が顔を上げ、「おいしいです」とにっこり。それなりのシメとなりました。「夫をよろしくお願いします」と頭を下げる妻。保護者のようです。

みんなはみんなで口々に「はじめまして」を口にする賑やかな、雨でも晴れやかな朝、こうしてぼくや家族、編集部員たちの新しい日々がスタートしました。

《はじめまして》は一方向の言葉ではない。それがいいなあ。

思えば五十八年間、たくさんこの言葉を使い、耳にしてきました。本当に確かに誰もが何度も使う言葉なのです。生まれたとき、まず世界に「はじめまして」。いや赤ちゃんがそう口にするわけではありませんが、まちがいなく全身でそう言っている。おかあさん、おとうさん側だって、赤ちゃんに「はじめまして」ですよね。梓みちよさんは「こんにちは」だったけど(古いナ)。

幼稚園、小学校から、進級し、クラブに入って、進学して、実社会に出て……と、ぼくらはものすごい数の人と出会っていくのですよね。

この夏のぼくも久々に大勢の人と出会いました。『暮しの手帖』をめぐる人たちと。社員は全員未知の人たち。新鮮です。料理家、作家、デザイナー、写真家、スタイリスト、イラストレーター、印刷所や取次の方々、本屋さん……中には旧知の人も少なからずいて、ぼくらの船はこれからそんな彼ら彼女らと出航するのです。

いままさにこれを読んでいただいているあなた、そう読者にも思いっきりの「はじめまして」を送ります。ご挨拶を兼ねて、まずは自己紹介させていただきますね。

滋賀県は琵琶湖のそばで生まれたぼくは、十八年間高校生まで実家にいて、大学から東京に出ました。外国語学部に入ってフランス語を勉強したりしなかったりで、卒業まで六年もかかるうちに、映画だけはたっぷり見て、音楽もたっぷり聴いて、アルバイトは椎名誠氏の『本の雑誌』の配本お手伝いや彼の怪しい探検隊のドレイ隊員などをやっていました。面白い先輩たちにもまれるうちに雑誌や書籍が大好きになってしまった青年の就職先は平凡出版、のちにマガジンハウス＝「雑誌の家」という名前になる出版社です。そこで三十年ほど編集者をやっていました。

思い切って退職した二〇一〇年の翌春、大震災が起こって、まだ娘が幼かったのと、同時に実母が高齢を迎えてきたということもあり、妻と相談、京都に移住して五年経ちました。その間に息子も生まれました。冒頭の唐揚げばくばくの小僧です。

妻は働き者だったので（本上まなみという女優です）、必然的にぼくが主夫となりました。娘を小学校に、息子を幼稚園に送ったり迎えたり、お弁当をつくったり、バザーの商品を整理したり、ママ友の中に混じってエプロン姿でお誕生会の準備をしたり、記念文集の編集を買ってでたり（お手のものです）、三者面談でぺこぺこしたりしていました。そこにもたっぷりの《はじめまして》があったなあ。

そんな中、突然、とあるご縁で『暮しの手帖』編集長就任のお話が来て、いまに至ります。七十年に及ばんとする歴史ある雑誌に、なんでぼくなどが⁉というのが正直な気持ちです。プレッシャーも巨大。わかりますよね？

おさなごたちを残して単身東京に戻るのか？という難題もありました。子どもたちは父を必要としているでありましょう。妻も「困る」と言うに違いない。そう思ってこの奇跡のような打診話を伝えると、彼女は「ぜんぜん大丈夫」と答えました。

「本当に？」「大丈夫」と即答。ぼくはそれはそれで微妙な心持ちに。

あっというまに道が拓(ひら)かれました。拓かれてしまった。

家族で会社を訪ねた帰り道。恥ずかしさと悪い緊張からやっとなんとか解放されたぼくは、「な!」と家族に言いました。「お勤めする会社、ちゃんとあったでしょ」。

「あったね」と息子。「いいなあ」と娘、「ごはんを食べるおしごとなんだ」。

違うよ! と否定しながら、そうかもしれないなあと、とうさんは思う。おいしいごはん=おいしい暮らしを探す仕事なのかもな。

「おとうさんはね、これからお料理上手になっちゃうんだぞ。豚の角煮とか、ほいほいつくっちゃうんだぞ」と宣言すると、小三の娘はこう応えました。

「まあまあそんなにあわてないでさ、ちゃんと落ち着いてからにしなよ」

妻があははと笑って、「その通りだね」と余計な拍手までつけ加えました。

そんなこんなで、みなさん、はじめまして。

まずは落ち着け、の新編集長です。

KURASHI
NO
TECHO

ばら色の京都　あま色の東京　目次

はじめましての朝　1

I　京都、そして暮しの手帖社へ

ばら色の京都のころ　16
『暮しの手帖』とわたしの暮らし　38
このかぐわしき　52
料理する人　62
デンキがはしる　73
花森さんはいまも編集部に　78
こんなおとなになりたい　84

II　かぞくはうつろう

夏の終わりの生家で　94
旅する子どもたち　101
子どもはつらいよ　110
もういっちょう！　120
ぐるぐるぴー　131
人生ゲーム　140

III　ふるさとどんどんちかくなる

こわい夢　152
本棚買いました　161
おかあちゃん　172
この世界の片隅に　181
おとうちゃん　190
川のある土地に　200
四十五年の時間旅行　210

あとがき　219

こんにちは。はじめまして、でしょうか。澤田康彦です。編集長をやったり、夫をやったり、とうさんをやったり、よっぱらいをやったりしています。

そんなぼくが『暮しの手帖』ほか雑誌や新聞でここ数年書いてきたエッセイを、このたび一冊の本にまとめていただく運びとなりました。

どんな本かといいますと、地理的には滋賀→東京→京都→東京と動き、仕事的にはバイト学生やドレイ隊員→マガジンハウス→主夫→暮しの手帖社と変わり、家庭的には子どもが二人やってきつつも現在単身赴任……という、自分ってなんだ？ どこへ行くのか？ の、うろうろ半生の記です。反省の記のほうが近いかな。

章立てが発表順ではないため、並びもうろうろしています。書いたときの感じをそのまま残したかったので、文体が「ですます」だったり「である」だったり、関西弁だったり標準語だったり。たとえば娘も園児だったり小六だったりします。つまりは順不同。どうぞご興味のありそうなところからお読みください。

おいでんなさい。とびどぐもたないでくなさい。

初出

『暮しの手帖』（暮しの手帖社）連載
「薔薇色の雲 亜麻色の髪」第4世紀80号から94号、96号
「編集者の手帖」第4世紀84号、94号

『東京新聞』（夕刊）「紙つぶて」2016年8月31日

『とつげき！シーナワールド!!3』（クリーク・アンド・リバー社）
『とつげき！シーナワールド!!5』（椎名誠旅する文学館）

本書は、右記の原稿に大幅な加筆・修正をしてまとめたものです。
年齢・年数などは、初出時のままとしました。

ばら色の京都 あま色の東京

『暮しの手帖』新編集長、大いにあわてる

Ⅰ　京都、そして暮しの手帖社へ

ばら色の京都のころ

椎名誠隊長の雑誌から「出版社を辞めて京都に移って何をしているのか書きなさい」という注文が来た。「どんだけ書いてもよいよ」という鷹揚な感じがうれしい。いっぱい書くことにします。

何をしているのか？　と訊かれたら、まずは「主夫です」と答えねばなるまい。子育てですよ。ジョン・レノンだ。カッコいいな。

いや本当にぼくには主夫といったらジョンなのであった。一九七五年息子の誕生から妻ヨーコにマネージメントをまかせて音楽活動を五年間断ち、一手に育児を引き受けた男。のちに〝ビューティフル・ボーイ〟ショーンに「パパって、ビートルズだったんだね！」なんて驚かれるわけで、ぼくも息子にぜひそう言われたいと思った。

しかしぼくはビートルズではなかった。ずうとるびでさえなかった。

「パパって怪しい探検隊のドレイ隊員だったんだね」というくらいのもんであった。カッコわるいな。

午後四時五十分。京都市北区。いつものように水色の自転車を駆って、ぼくのビューティフル・ボーイ、二歳の小僧のピックアップに近所の幼稚園へ向かう。いわゆるお迎えは、東京時代、娘のときにもしていたから慣れている。ほとんどが若いママたちで、すれ違ったら「コンニチハ!」と微笑み合うのが暗黙のルール。そばにお子さまがいたら「かわいいな」とか、つぶやいておくと好印象を残す(はずです)。「迎えは五時までに」という決まり。五時を五分でも過ぎると五百円徴収されるというからペダルの踏み込みにも力が入る。

京都市内は南から北に向かってゆるやかな上り坂の地形で、中心部は南と北で東寺の五重塔の高さ以上の高低差があるという。だからこの新天地での自転車は迷わず電動アシスト付ママチャリにした。

思えば八〇年代フィットネス雑誌『ターザン』を編集していたころ、イタリア、ミラノ市郊外まで行って腕・股下を採寸（脚の短さに首をひねられながら再採寸させられ）、特注した時価四十万円のロードレーサー、真っ赤なチネリ・スーパーコルサを注文したなんて、夢のような話である。バブルのオーラをまとったクロモリ鋼の愛車は、いまは東近江市の実家のカビくさい旧勉強部屋にぴかぴかのまま鎮座している。ロードレーサーでは十キログラムを超える子どもをかついで乗せることができないからしょうがないやん、というのを公式説明として採用しているが、最後にまたがってみたのは、十五年ほど前。右脚がつった。

　二年前上京区のマンションから北へ三キロ、北区に見つけた賀茂川近く、築百年近い古い民家へ移った。この民家は妻がインターネットで見つけた。「また引越すのかあ？」と訊くと、妻は「うむ」と答えた。結婚して気づいたのだが、奥さまは引越し魔だったのです。結婚してから、今回で六軒目となるのだ。

　引越し前、近所の豆腐屋のおっちゃんや駐車場管理のおばちゃんたちがさびしがってくれつつ、口を揃えて「向こうは一度ほど寒いでぇ」と言う。向こうとはいえ、歩いて二十分ほどの地点なのだが、確かに冬の寒さは一段とこたえた。底冷えの京都、

冷気はぴんと張りつめて、有次のペティナイフのように切っ先鋭く刺してくるのだ。

そういえば二月、娘の小学校のマラソン大会のとき、仕事で不在のかあさんの代わりに応援に行ったのだけれど、そこで見たのは賀茂川沿いをほてほてとやる気なさげな態度で走る小二、ひょろひょろ体型のわが子であった。あとで遅さのわけを尋ねると、「速く走ると風が冷たくなるから」と娘。「あたしは寒猫だからさ」とつけ加える。シャム猫みたいに言う。その根性のなさはまちがいなく父親ゆずり。

思い出すなあ。高校生の体育の時間、真冬の剣道、体育館の床の冷たさがいやで体が向かわず、教室のストーブの前で『がきデカ』をくすくす読んでいたものだ。ものの五分で東先生が現れて「あほか」と一喝した。そりゃそうだ。すんませーん。

娘のマラソンの成績は、一年生のときは百二十人中八十三位で、今年が七十五位だから、「八番上がってる」と胸をはったが、聞けば二十人近く風邪で休んでいたそうだから、むしろ下がったのではなかろうか。娘は、自分のゴールインの五分ほど前に必死の形相で駆け込んだ上位陣、ぎりぎりで二位になったクラスメイトの悔し涙とは全く違う地点にいる。五重塔のとんがり部分と縁側くらい違う。ひとつでも上の順位を目指すといった欲望のかけらもないところは、「わたしに似た」と妻がつぶやく。

確かに、女優であるところの妻とはもう長いつきあいとなるが、本当にいつ見ても「わたしが」「自分が」の意欲をいちじるしく欠いており、よくもまあそんなので芸能界というジャングルを生きながらえてこられたものだと感心するのである。

だれのおじいちゃん?

その妻はここ数日珍しく腰痛に見舞われている。なんでも深夜就寝中、息子の向きを変えようと横になったまま、まさに横着して持ち上げたら、ぐりんと来たらしい。「腰が痛くて、狂言師のようにしか歩けへん」と関西弁でぼやきつつ、「こんなですわ」と腰を低く下げ、鉛筆を扇子に見立てて前に差し出し、狂言の足さばきでゆっくり前進してみせる。何か狂言の常套句を添えようとしたものの思い出せないらしく、ぼくが代わりに「そろりそろり」と言ってやると、進行方向を九十度くるっと変えてトンと止まる。元気やん、と指摘すると、「から元気」と嘆息で応える。

世間ではしゅっとした感じで売っているらしい妻だが、家ではかようにちょいちょいしょうもないことをやるキャラクターなのであった。興が乗ると四股などもも踏みます。いまはできないけど。この人は月明けには屋久島のテレビロケ、トレッキングが控えているから、養生、回復に努めねばならない。だからたちまちぼくの負担が増えることになった。重いものは夫が持つ。子どもの抱っこおんぶは当然。送り迎えに洗濯、子どもの入浴なども、しばらくこちらの専任となる。

「あいたたた」であります。「やるまいぞやるまいぞ」「あいたたた」。

息子の幼稚園に着き、狭い玄関で靴を脱ぎ正しく揃えて（こういう行為、大事）、二階にあるすみれ組へ走る。一歳二歳の若人があかあおきいろ二十体ほど、思い思いのブラウン運動を繰り広げている部屋から我が子を見つけだす作業に難航していると、年中くらいの男の子がとことこ近づいてきて「だれのおじいちゃん？」と訊く。

おじいちゃん！　わあそうかあ！　そう見えるよなあ。君らとは五十五歳ほど違うんだもんなあ。まあ、孫とじいじいだよなあ。のちに妻にこのとほほ事件を伝えると、大いに喜んだので、少し憎んだ。

息子は迎えの父を見つけると、いつも爆発的な反応をする。顔をぱあっと輝かせ、こちらに突進、全身でぶつかってくるのだ。体型的にころころしていて、妻の言では「カナブンとか、メスのカブトムシ」。ぶつかるとすでにややインパクトがあり、先が思いやられる。この甲虫は甘えん坊で、ぼくを見上げて即座に「あっこ」と訴える。「抱っこ」のことである。この小さい人はまだ充分にニホン語が話せないのだ。

ぎゅっと抱き上げてやると「あはははは！」とうれしそうに笑う。バカ度がずいぶんと高い。男子というのはこういうものなのだろう。父にも母にも直球で接近してくるタイプ。こないだは寝言でも「……あっこ」とつぶやいた。

娘とは反応がけっこう違うもんだなあ。彼女のときはもっとドライで、迎えに現れた父に「え？　もう来ちゃったのぉ？」とさえぼやいたものだった。

娘が東京の幼稚園に通っていたころ、御殿場で初の一泊「おとまりキャンプ」があって、新宿駅まで見送りに行ったことがある。

園児たちがおのおの自分の体より大きいリュックをかついで、というかリュックに羽交（はが）い締めされてあちこちキノコみたいにちょこんと立つ、なんとも頼りない光景。

ほとんどの子が初めて親と離れて夜を迎える日であり、午前六時台の小田急線プラットフォームでは、しばし親子のお別れの愁嘆場が展開していた。

といってもよく見ると、母親にしがみついているのは男子ばかり。電車に絶対入るまいと暴れる少年もいた。その子を先生とロマンスカーあさぎり1号に押し込んだ母親もまた涙ぐんでいて。乗り込んだあとも車窓から母をおろおろ探すのは男子たち。涙をこぼすまいと天井をにらんでいるのも男子だった。弱いなあ。

うちの娘はというと、もうちゃっかり指定の席につき、友人女子たちとおやつの見せっこなどを始め、とうさんを見ようともしない。別れのベルが鳴り響き、電車が動き始めるが、こちらは手を振ることさえない見送りとなった。手を振る別れというのは、相手がこちらを見ていて初めて成り立つものである。

はるの、のはらね

しかし、どのママ友たちも言うのだが、男の子というのは「カクベツ」らしい。格別にかわいいと言う。「バカでバカでたまらない」そう。その愛でる感覚は、男子の自分にはいまひとつわからないのだが、父と娘の関係に照らしてみると類推できるような気もする。こちらもまた「カクベツ」という言葉が当てはまるようなテイストが確かにあります。

このところは、二階でぼくと娘がベッドに、一階で妻と息子が布団に、という組み合わせで眠ることが多い。これは息子がまだ小さいこととか、弟をくっつけると姉が眠れない、逆に朝は弟が起こされてしまう、ということとかの理由によるものだ。

小学生になって、朝が早い娘の就寝タイムは午後九時半。まだ一人では眠れないので、ぼくが添い寝をする。すぐに爆睡する息子と違って、娘は何度も寝返りを打ち、何度も「ねむれない」と訴える。やっと眠りに落ちる十時すぎくらいまでは、真っ暗闇でぼそぼそと二人で語り合っている。学校のこと。給食のこと。動物のこと。好きな本のこと。好きな男子のこと。

「あたしはね、みんなに好きな人の名前を言えるタイプなの」

「ねこのパン屋さんになりたいって言ってたけど、いまはおまんじゅう屋さん」

ニンゲンの？　と訊くと、「あたりまえじゃん」と答える。

「おとうさん、いろいろ言ってるけど、さいごに勝つのは女ですからね」

どこでそんなセリフを覚えてくるのだろう？

父娘(おやこ)はけっこうぴったりとくっついて、他人が見たり聞いたりしたら、なんだかとてもいやらしく見える気がするが、正直心地のいい時間である。

先夜は消灯してしばらくすると、娘が背を向けて誰かに話しかけていた。父に言っているのではないらしい。耳をそばだてると、こう言っている。

「じゃ、はるの、のはらね。おねがいね！」

春の野原？　暗闇で誰に何をきっぱりとお願いしているのだろう？　質問すると、

「え？　うん、ちょっとね。アクビまるにゆめのおねがいをしてただけ」

アクビまる？　そんなやつが隣にいるのか？

まあしかしつまり着実に女子となり、夢みる力を身につけ始めているってことだろう。

子どもを寝かせるときの最大の問題点は、経験者にはわかってもらえるだろうが、呼吸を合わせないと寝ついてくれないということだ。こっちが乱れていることを敏感に察知しているような。しかしいったん呼吸を合わせると、今度はこちらが一気に眠りに引きずり込まれてしまうということ。

午後十時ごろに眠りに落ちると、そのあともう一度起きだすのがつらい。冬場など特にそうだ。京都はさらにそうだ。午前一時、はっと目が覚める。信じられない体勢で眠る子どもを正しい方向に戻し（つまり妻はこれで腰をやった）、毛布をかけてやる。そして本来そこでむくりと起きだして書斎に向かい、原稿のひとつ、編集作業のひとつでも再開、進行せねばならぬわけだ。いまがチャンスなのだ。

が、それができない。できないまま浅い眠りを続けて、仕事の相手が襲いかかってくるような悪い夢を見て、ぐだぐだと迎えた後悔の朝がいくつあったことだろうか。

園庭で青空をにらむ

二〇一〇年末に三十年勤めた出版社を思い切って辞めた。

のんきな、いい会社だった。社員食堂は、社員からフリー、バイトさん、出入りの業者さんまで全員無料で、本が売れたら必ずコロッケパーティを開き、販売部から届いたビールで乾杯するというところ。同一年齢同一賃金、査定もなく、儲けたら山分け感覚、サボってもガンバっても可という、カッコばかりつけているおめでたい会社で、ぼくには愛着もひとしおだった。もう一回どっかの会社に入ることになってもまたあのころのここがいいと真面目に思うような。

けれどある日妻が「最近のオヤビンは」——彼女はぼくのことをそう呼ぶのだ——「ため息ばかりついてる」と指摘してきたのだった。

それには気づかなかった。朝晩「ふうっ」と「はあーっ」ばかりだと。言われてみると確かに疲れていた。事情、原因を書き出すと長くなるので割愛するが、かいつまんでいえば、長引く出版不況下の雑誌社において中間管理職男子五十歳が精神的体力的仕事内容的人間関係的にアップアップになってしまっていたってことであります。

「辞めていいかな?」と流れでつぶやいてみると、「いいんじゃない」とすっと応えたので驚いた。二年ほど前に言ったときには、「子どもが生まれて間もないのにどうないして食べていくのん?」と関西弁、なんだか大阪のおばちゃんっぽく即座に却下したものであったが(そういうときの彼女は世間がいうような癒し系では全くない)。

それくらい重篤に見えたのかもしれないな。

あれ、という瞬間に、人生の航路が変わった。ちゃっかりしたもんで、決めたら急に世界がくっきりと見えるような気がした。晴れた日に永遠が見える、という素敵なタイトルの映画があったけれど、そんな気持ちよさ。どんなよい場であっても同じところに三十年というのは目に霞みがかかってしまうものかもしれない。

やったー。三十年も仕事がんばったのだし、えらかったぼくよ、おつかれさま!ってことで、しばらくはふらふらと遊ぼう。溜まりに溜まったDVD、ホラー映画を見て、山脈となっているミステリー読んで、フライフィッシングの旅に出て……。が。それは甘かった。妻が働き者であるため、家にいるぼくを待っていたのは、休息ではなかった。育児・家事という業務が必然的に回ってきたのであった。会社仕事はベテランのつもりだが、こちらの業務は、まったく勝手の違う種類。違う筋肉、神経を使うもので、大いにあわてた。東京暮らしはそのままに、幼稚園の行事参加がとうさんの義務となった。保護者で回り持ちのお誕生会は、十数名で百人分以上の昼食をつくるという、はげしいものだった。ママたちの中で黒一点のぼくは、妻に買ってもらったビッグエプロンに身を包み、天文学的な数の食器洗いに専念した。山の手の私立幼稚園で、美人ママ揃いというのが、ちょっとした心の支えだ。

キリスト教系の施設だったので、日曜学校、クリスマスはもちろん、春には復活祭もあった。イースターである。色つき玉子＝イースターエッグを園庭のあちこちに隠し、それを園児に探させるというハイカラなイベントが企画された。

ぼくの役割は、スタート前の時間、園庭各所に隠された玉子の見張り番である。何の見張りをするのかというと「タチの悪い」と聞く渋谷区のカラスたち。先輩ママ情報によると、以前「ひどくやられた」らしい。単身でカラスと対峙！ぼくは任務の重さに緊張しつつ、ひとり園庭で腕を組み、園の木々、上空をにらんだ。

四月下旬。青い青い空に葉桜が美しかった。空がこんなに青いわけがない、って映画があったっけなあ。でもいまかなり青いぞー。ぼんやりとした春風を顔に感じながら、あれれ、ぼくはここで何をしてるんだろう？　とも思った。いまごろ、前の会社の元同僚たちは撮影をしたり、原稿を書いたり、レイアウトしたり、打ち合わせをしたりしているんだろうなあ。一方、ぼくは、ここでカラス番か！

にらむこと三十分。結局カラスどころか、スズメ一羽、姿を見せなかった。拍子抜けした。きゃつら、おじけづいたか。「こらあ」「カア！」というイメージだったのだが。アニメ『ヘッケルとジャッケル』のような曲者たちと戦うつもりだったのだが。

しかしまあこんなゆるやかで無為な時間は、これまでになかった。空をこんなにゆっくり見上げたことなんて、三十年間たぶんなかったのだ。

なんてしみじみする時間もつかのま、園庭にちびっこたちがきゃあきゃあ飛び出してきて、いっせいに色つき玉子の捜索合戦が始まった。みんながひとりひとつずつゲットしたなか、どうしても見つけられない半べその子がいて、いっしょに探してやった。

京都には川も山も海も

東京時代、幼稚園のお迎えのあとは、夕方仕事から帰ってくる妻を待ちながら、娘とあちこち散歩に出た。恵比寿にあるタコ公園は娘のお気に入りのポイントのひとつで、中央に巨大なピンクのタコが横たわっている。だが娘が気に入っているのはこのモニュメントではなく、近くにある鯛焼屋だ。タコ公園なのにタコ焼ではないのである。娘に一尾、自分には缶ビールを買い、ベンチでくつろぐ。

もし隣に娘が座っていなかったら、こんな早い午後にタコ公園でビールを手にした、けっこうろくでもないおっさんであるなあ、とその危うさにおびえつつ栓を開ける。いや、事実ろくでもないかもしれないぞ。

「いまおとうさんのかんがえてること、あてたげようか」

細い短い脚をぶらぶらさせ、生意気にニューバランスの赤い靴など履き、焼きたてのあんこ菓子をくちゃくちゃほおばりながら、娘が言う。

「あのね、きもちのいいこうえんのベンチで、おいしいビールのんで、かわいいむすめがいて、シアワセだなあっておもってるでしょ」。自分のことを「かわいい」と信じて疑わない娘は、いつそんな仕草を身につけたのか、長くもない髪の毛を片手でさっとかき上げるようにし、小首をかしげて、どう？　って顔をする。

「あたり」と優しい父は応えておく。応えながら「ちょっと違うかもなあ」とひとりごちる。とうさんがいま考えているのは「これからどうしたもんかなあ？」ってことなのだよ。会社を辞めたばかりの人は、かわいい娘といても、てんで落ち着くことのできない貧乏性なのであった。実際このままでは貧乏になる人だった。

主夫、なんてエラそうにいっても、正確には夫婦で主婦と主夫、半々くらいというのが実情なのだ。十八歳年下なのにぼくの数倍生活者としての能力を有する妻が、基本イニシアチブをとっていた。全く家事に慣れていないぼくは、自分で見てもいかにも不器用で頼りなく、もたもたしていて、幼児が見たって動きは確かに「だれのおじいちゃん？」という風情なのだった。

娘の幼稚園の昼食は、お弁当だった。妻が不在の時が増え、ぼくがその製作に携わることになった。幼児の弁当というのはミニチュアづくりのような世界で、玉子焼も蒸しアスパラもタコさんウインナーもそんなに量は要らないし、器には収まらない。片手に乗るくらいの小さなアルミの弁当箱に、細い箸や小さなスプーンでおかずを詰め込んでいく。ピンセットや虫眼鏡が必要にさえ思えた。入れ込むうちに食材はくずれ、ずれて、修復するにつれさらに崩落していく。

　こういう作業が苦手だったことを思い出す。プラモデル、だめだったもんなあ。中学校の技術家庭でも完全に証明されているのだ。弁当に挑んでみて、妻はなんと器用で手早いかということに気づくのだった。時間に追われる育児では、器用さ手早さというのは必須の条件だと体で知る。

　弁当については、もうひとつどきどきすることがある。それは、園から帰宅した娘の弁当箱を開くときだ。

「食べたか?」「食べられてるのか?」。リサとガスパールのかわいらしい絵のフタをおそるおそる開くと……中にはプチトマトの緑のへたが二つだけころんと転がり、あとはからっぽ。……完食だ!

　うれしいなあ。朝ぼくがもたくさと力弱く握ったちびおにぎり三個も、ぶきっちょに巻いた玉子焼、やわやわになったウサギの型抜きニンジンもどうやら口に運んでお腹におさめてくれたもようである。

　こんな種類のうれしさがあるとは知らなかった。

ぎゅっと抱く

二〇一一年三月十一日、大震災を経て、二〇一三年、息子がこの世にやってきたあと、冒頭に書いたように、西に移ることにした。京都に住むことで意見が一致した。ぼくの母が隣の滋賀県で、いよいよ老い始めたということも大きかった。子どもたちには、東京にない広い青い空、緑の木々を見せたかったということも。京都には川も山も海もある。街の手頃な大きさ、交通渋滞の少なさも魅力だった。仕事が待つ東京にも新幹線で二時間ちょっとで行けるという点も意識して決めた。

妻は引越し魔であると同時に出たがり魔で、休みがあり晴れていたら虫が騒ぐらしく、京都に移ってからも、散歩でクルマでバスで電車でと、東西南北を巡っている。率先して企画をするさまは、なんか最近親分臭がしてきてるなあ。子どもらは子分でいいのだけど、ついでっぽく連れてゆかれるぼくは何なのだろうなあ？　オヤビン？

南徳島在住、怪しい探検隊の大先輩、カヌーイストの野田知佑（ともすけ）さんちにも三度行った。川と海と遊びしかないあの地に惚（ほ）れた娘は、野田さんの口まねをする。

「外で遊べ！　外で遊ばないと遊んだことにはならないぞ」

京都の家は賀茂川がすぐ裏を流れ、原っぱ、堤がずっと広がっている。ここに娘、息子を放つのだ。夏には川にも落としたいと考えている。しかし娘はサカナ釣りにまるで興味がないことが判明、瞬時に父親のささやかな夢を打ち砕いたものだったが、息子とはいずれ釣行(ちょうこう)に出ねばなるまい。

アメリカ映画のようにキャッチボールもして、シーナマコト小説のようにプロレスもせねばなるまい。隙をついてタックルを仕掛け始めているこの大型コガネムシを受け止め、これからは担ぎ上げねばならない。だから五十肩は即刻治さねばならない。ジイジイ像に身を委(ゆだ)ねている場合ではない。

育児の時間というのは抱きしめる時間の総和という気がする。考えてみれば自分の長い人生において、こんなに人を抱きしめ、人に抱きしめられることはなかった。朝昼晩。春夏秋冬。送るとき、迎えるとき。眠るとき。食卓につくとき。自転車の荷台の乗せ下ろしまで。どれほどの恋愛をしていたとしても、こんなに人をぎゅっと強く、こんなに多くの回数、長い時間、抱いて抱かれた経験はなかった。

「子どもたちがいなかったころ、ぼくら何をしてたんだっけ？」

夫婦だけで本当に何をしていたのか、つきあい始めたころ、何の遊びをして、何の話をし、どんな価値観で生きていたのかが、なんだかまるで思い出せなくなって、妻にぽつりと訊いてみた。そうしたら彼女は、「うーん、確かに思い出せないねえ。なんも残ってないなあ」と答えるのだった。

そう言われるとなんだかカチンときて、ぼくは妻をまた少し憎んだ。

『暮しの手帖』とわたしの暮らし

「もしもし、すみません。春雨のピロシキの件でご相談がありまして……」

あの人は何を言っているのだろう??? また別の電話では、

「お問い合わせのお鍋のふたの件ですが、新潟の燕三条（つばめさんじょう）の方に尋ねてみたものの、なにぶんこちら十年ほど前の記事でして……」

ご高齢と思われる読者からの問い合わせにていねいに説明している。

「編集長、ブタ肉も入れます?」と、若い編集部員がやってきた。若いといっても、新編集長のぼくより在社期間が長いので先輩だ。三十歳歳下の先輩がブタ肉も入れるかどうか尋ねておられる。思い出した、「ステーキの焼き方」特集の件だ。ぼくは当たり前の顔を装って答える。

「あくまでも牛ステーキの特集だからねえ。ウシがブタに食われては」

「……編集長、それうまいこと言ったつもりですか？」

おお『暮しの手帖』の人が、ツッコむようになってきたぞ。うれしいなあ。

「出版社を辞めて京都に移って何をしているのか」と訊かれたのがこの前のこと。京都の通りを八歳の娘と二歳の息子を引きつれ、上がったり下がったり惑ったりしている、という報告をした。

年が変わり、新しい夏が来た。一身上の都合、という常套句があるが、ぼくの一身に本当に都合が起こった。起こったから、今度はこんな注文が舞いこんだ。

「東京に戻って、別の出版社に入社して、何をしているのか書きなさい」

東京で単身、何をしているのか？　その顚末を報告させていただく。

そう、ぼくはまたこれから雑誌をつくるのだ（「え？　いまどき雑誌って！」と世の中の声）。

ついこの間、夕ぐれの賀茂川ばた、おおいばりでチビたちを従え、ボールころがしたり、草むらですもうとったり、寝っころがったり、ビール飲んだりしていた、平和な、ザ・ベンチャーズの「京都慕情」のような胸きゅんの時間は、前の春の原稿のあとすぐに幕をおろした。

ぼくは東国へとまた旅立ったのであった。家族を捨てて。いや、捨てちゃいないけど。


暮しの手帖社から編集長就任の打診。

最初はなにかの冗談と思っていたのが、上京し先方の話を聞き、持ちかえって妻に相談すると、妻は「ええ話やん!」とのんきに言い放ち、現実味をおびる。

「でも……」と言いかけても「ええ話やん」と食い気味に繰り返す。

「でも、なんでオヤビンに?」「そやねん」「ふしぎだねえ、ななふしぎ」

そう言われるとむっとするなあ。「ええ話やん」「そうかあ」「だって、暮しの手帖だよ!」「……そうなんだよなあ……」。

伊丹市に住んでいる妻の母も、二人の幼い子の面倒をみると申し出てくれる。

「暮しの手帖に入社って、すごいやん」と義母。「その歳で」といらない付け足し。

東近江の実家の老母も涙まじりに喜んだ。

「ヤスヒコ、暮しの手帖って、わたしでも知ってるで！」

その昔平凡出版に入社、あこがれの『ブルータス』に配属となった報告をしたときは、全くぴんと来なかった様子の母だったのに。母にとっては大事なかわいい次男坊を再び魔の地・東京に送り出すこととなったわけだけれど、今回は「そんなことならわたしも長生きせなあかん」と逆に勢いづく。すごいなあ、『暮しの手帖』の威力は。

やれんのか、サワダ？

京都でお隣に住むおばちゃんは、本棚から三十年前の『暮しの手帖』を取りだしてきて、「実はあなたたちが住んでいるその家に、暮しの手帖の大橋鎮子（しずこ）さんが来はったことがあるのよ」と言いだした。えっ？　なんでも、前の住人は息子さんの藍染めの端切れでパッチワークをしていたアーティストだったとか。なんという奇縁。この家の、いま書斎にしてる部屋に、『すてきなあなたに』のしずこさんが……。

『暮しの手帖』。創刊一九四八年。編集長の故・花森安治と、創業者の故・大橋鎮子（「とと姉ちゃん」ですね）が始めた、唯一無二、独立独歩、七十年近くの歴史ある、広告をとらない老舗国民雑誌。そこの編集長に？　ぼくは京都で新しい生活を始め、精進し、やがては地元の名士になるはずだったのに。

「なにゆえサワダめが⁉」というのが各界の反応だ。その答えはいまでもとんと分からぬ、確かに七不思議のひとつ、スフィンクスクラスの謎である。

妻がずっと買っている雑誌なので、バックナンバーを取りだしてのぞいてみる。

おそうざい十二ヵ月
暮らしのヒント集
すてきなあなたに
エプロンメモ
家庭学校

こんな定例のタイトルが並ぶ。ああ、いつか目にしている、どこかなつかしいタイトルたち。やれんのか、サワダ？


ジャムは、おいしい果物を、もっとおいしく食べるために作ります。

手編みの靴下を履いたことがありますか？

おやつの時間に思わず微笑んでしまう甘いサンドイッチ。

毎日使うハンカチーフを手作りできたら、どんなにいいでしょう。

思いやり、気遣い100のコツ。

きょうもていねいに。


やさしい、上品な言葉たちがしっとりと整列している。やれんのか、手編みの靴下？

ぼくにジャムが、甘いサンドイッチが、ハンカチーフがつくれんのか？

「死刑！」の『がきデカ』育ち、「おじゃましまんにゃわ」の吉本新喜劇育ち。『本の雑誌』や怪しい探検隊、映画製作仲間や、マガジンハウスの『ターザン』にいてマッチョたちと戦っていたぼくに、やれんのか?? 遠い彼の地でていねいに生き、上品にふるまえるのか？ あ、『本の雑誌』や探検隊や映画仲間や『ターザン』が下品だと言ってるわけではないです。いや、言ってるな。

でございます

ぼくの出自、成育に大いに関係ある三人のボスにも相談、報告した。彼らはぼくが勝手に師事する、心のボスなのである（ココロのボスではないのココロ）。
山上たつひこ氏「サワダにはこれまででいちばん向いてる雑誌だと思うよ」
石川次郎氏「いいねえ！ どんどんやっちゃえ。別の出版社でまた編集長ができるなんて、こんな楽しいことはないぞ」
椎名誠氏「面白い！ てってー的にすすめ。政治のこともやんなさい」
師匠たちはみんないつも前向きでほっとする。いま書いていて気づいたが、この師匠たちも若き日、漫画を辞め、会社を辞め、思い切りよく新しい世界に飛び出していったツワモノたちなのだった。

考えすぎるとただこわくなるばかりなので、彼らにならって楽観的に。あまり後ろ向きの思考はめぐらさないようにした。

東近江の老母からのアドバイスもよかった。

「あかんとおもたら、すぐ帰ってきたらええやん」。この人はいつもそう言う。

ひと月ほどがさっと流れ、夏の終わりのセミが「つくづくおしい」と鳴きだしたころ、決心をした。


あれよあれよというまに秋が来て、引越しとなった。つい先日京都に帰ってきたばかりのパソコンやベッドや椅子や本やＤＶＤたちをまた東京へと帰す、運送屋の２トントラックを見送ったあと、ぼくも追うようにあわてて出発。新幹線で荷物を追い越して、明朝東京のマンションで受けとるのである。

去りぎわに娘と息子をぎゅうっとする。とうさんは東へと向かう列車に乗るのだ。はなやいだ街できみらへのおくりものをさがす、さがすつもりだ、と心でうたう。

『木綿のハンカチーフ』第二章なのだ（第一章は東京の大学に向かう十八歳のとき）。引用歌がいちいち古いのだ。

齢（よわい）五十七になって、単身赴任生活の開始である。人生というやつはくるくるころころ変わりやがるものだ。齢五十七になって、正社員に？　借りたマンションからは会社まで歩いて五分の北新宿。月から金、朝は九時半から夜は遅くまで、きちんと通って仕事して、土日は部屋の掃除したり洗濯したり買いものしたり料理したりする生活。妻も子どももいない暮らし。楽しそうな気もする。思いっきりさびしいけれど、ひょっとしたら思いっきり素敵な！

暮しの手帖社は、古い三階建のビル一棟にまるごと入っている。編集長室が別にあったけれど、みんなと一緒の部屋を希望した。仲間だからね（陰口もこわいし）。用意された編集長机のうしろの壁には、偶然だけれど、花森御大の笑顔のポートレートが鎮座していて、いつも見守られている。というか、なにかあったら、この笑いが消え「こらぁ！」と怒鳴りだすのはまちがいない。この花森さん、ぼくは会ったこともないのに、なんでいつもおこられている気がするんだろう？

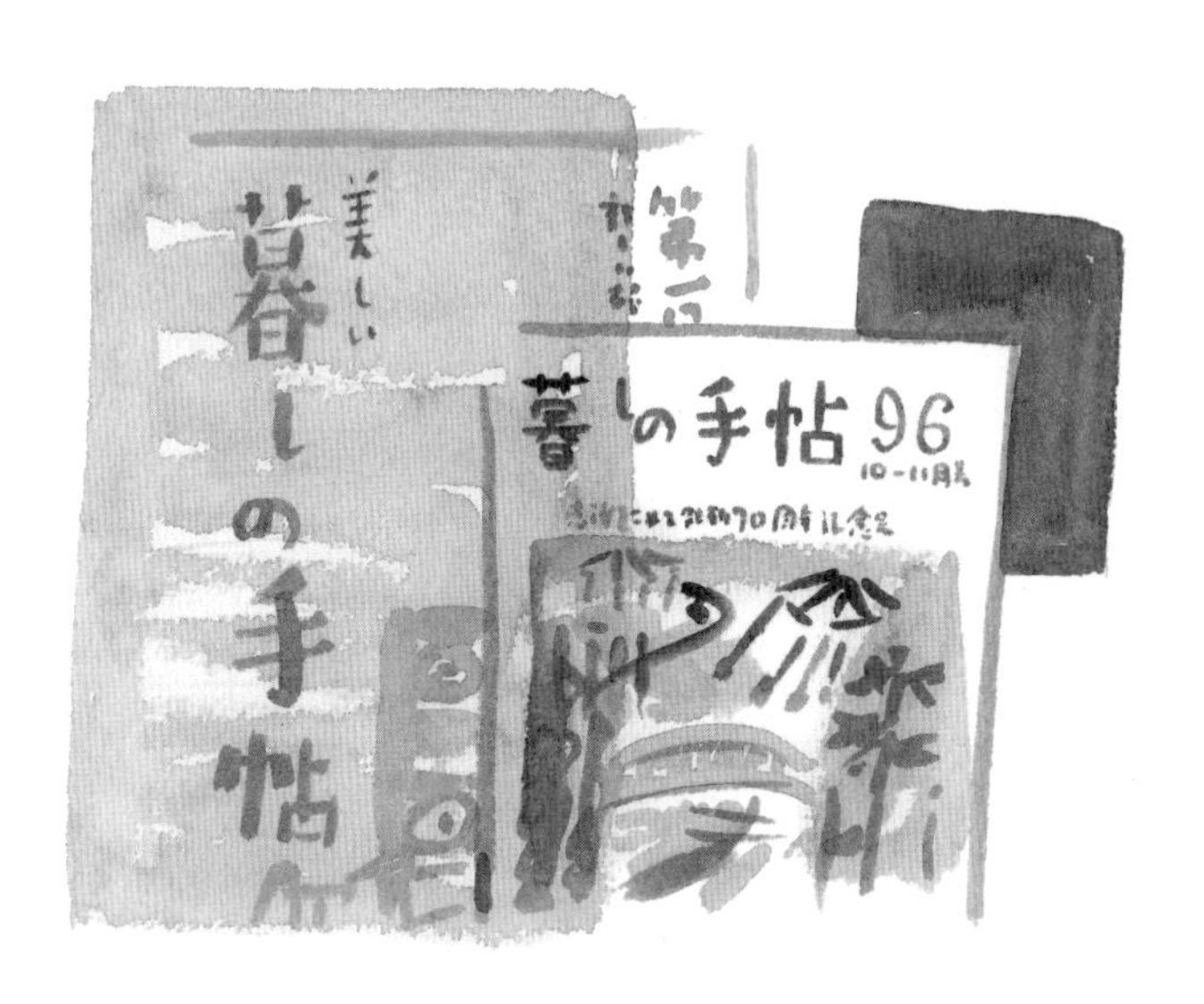
美しい暮しの手帖
暮しの手帖96

編集部は全体にしーんとして、みんな黙々と仕事をしている。もっと騒ごうふざけようよ！　といちばんに思った。

《はい、暮しの手帖でございます》というのが、電話に出るときのみんなのセリフ。

「おお、これこれ！」。その《でございます》、『暮しの手帖』に似合うよね。マガジンハウスにいたときは「でございます」はなかった。シンプルに「はい、ブルータスです」「はい、ターザンです」であった。

なかには「はい、ブルータス」という、「です」なしの者もいた。「はい、ブル」という省略タイプも。カッコいいのか？

自分の名前だけ言う剛の編集者もいたっけ。

「はい、オグロ」とか。

見知らぬ相手にウソを言う編集者もいた。

「はい？　マツモトですか？　マツモトは死にました」

ぼくはまちがいなく、そっちの住人だった。

半年ぶりの京都のわが子

繰り返す。数カ月前はこんな原稿を書くようになるとは夢にも思わなかったのだ。

先日やっと、半年ぶりに家族の住む京都に帰れた。

『暮しの手帖』に暮らしをうばわれてるなあ。

「ただいまぁ……」。とうさんは顔を忘れられてはいないかと、ちょっとどきどきして家に入るが、娘が「とうべぇ！」と即座に飛びついてきたのでほっとした。しばらく二人無言で、しんねりと抱きあう。

「きもちわるい親娘（おやこ）だなあ」と妻がつっこむ。ありゃ、そうかい？

娘はもう小学四年生。九歳である。前より背が高く、というより「長く」なっていて、体重もそこそこ。長時間はささえていられない。うれしくって、さびしい。

と、とつぜん、股間にどかんとかたまりがぶつかってくる。あいてて！

三歳になった息子だ。固太りでころんとしてて、女子とはぜんぜん体の組成が違う。ちっこいなあ。こないだ幼稚園で測ったら、九十六センチだったとか。この一メートルない人が、父を見上げて、「もうおむつ、はいてないんだよ」と、とくいげに言う。姉が横からすかさず「ときどきしっぱいするけどね」と容赦なくつけ加える。そういうおねえちゃんだって、ついこないだまでアンパンマンのおむつをはいていたではないか。ほんのこないだ「あたしはもうおねえさんになったから、アリエルのおむつにする」なんて宣言してたではないか（アリエルはディズニーの人魚姫）。おむつはおむつなのにね、ってかあさんと笑っていたのが昨日のことのようだ。

とうさんは、子どもたちの何を見ても、何を聞いても、ヤキがまわったのだろうか、ほっぺたをすっぱくさせ続ける。でもそんな時間もつかのま、たった一泊という短い滞在。ごはん食べよう、お風呂に入ろう、絵本読もう、いっしょに寝よう。

翌朝は滋賀県の母校の彦根東高校へと向かう。そもそもそれでこちらに来た。OB会総会での記念講演を依頼されたのである。地元名士・先輩たちがさんざめく歴史ある会、一年に一度の大事なその総会に、なにゆえサワダめが？　というと、それもまた『暮しの手帖』の編集長に就任したからにほかならない。高校時代、さして勉強ができたわけでも、スポーツにひいでたわけでもない、いかなる爪あともきれいさっぱり残していない地味なワタクシめをも、講師として迎えてしまうくらいに、また書くが『暮しの手帖』ってすごい威力だなあ。

「みんなで先生を応援しますわ」とＯＢたちが言ってくれる。母校で、超地味だった生徒が、「先生」と呼ばれて、とても居心地わるく、大いにあわてる。

このかぐわしき

春待つ東京の空は、ぱっきり晴れていて気持ちがよい。生まれ故郷の滋賀県や、家族のいる京都の気候とは全然違います。

昼休み、三階の編集部のベランダに出てみました。

ちょっと風が冷たい。頭上のこの青空を西へ西へとたどっていったら、その下に家族がいるんだなあなんて、しみじみしてみたり。

この季節、新幹線で品川駅から東海道をひゅんとひた走ると、名古屋の向こう、関ヶ原を越え、伊吹山が見えだすあたりから気候が一変します。重い雲が垂れこめて、空気が湿り気を帯びている。この湿度が底冷えの一因となるのです。

作家の色川武大さんは、かつてこの伊吹山についてこんなふうに書いています。

「いやな山」「不意に右手に現われる」「あのずんぐりむっくりの皺々が田んぼから屹

立している様子を思いだすと身慄いが出る」「妖婆のよう」「大地の病巣」……（『怪しい来客簿』）。ずいぶんな書きようですが、冬の滋賀県、特に東側のじめじめの天気を知っている者には、むべなるかなと思うことも。

こんな短歌もあります。

たっぷりと真水を抱きてしづもれる昏き器を近江と言へり　河野裕子

琵琶湖を抱えた滋賀県のことですが、とにもかくにも「昏い」んですよね！

子どものころは、冬とはこういうイメージのものだと思っていました。じめじめとして寒く暗く厳しいもの。子どもだから降雪はいつでも「わーい」と歓迎していたけれど。夜間に雪が降り、朝起きたときのいつもと違う窓辺の新鮮な、真っ白な明るさにはわくわくしたものだったけれど。

十八歳、大学入学で初めて東京住まいし、初めての関東の冬を迎え、あっけらかんとした眩しさに芯から驚いたものです。なんということでしょう。東京の冬はいささかも寒くない。日本って広いんだ！　冬とはすぐに暗くなる季節、だいたいは家の中にこもって、震えているもの、コタツが必須で、背中丸めてみかん食べているもの、なんて思い込んでいた青年の目からころんとウロコが落ちました。

東京においでよ

晴天の東京。編集部のベランダから、関ヶ原の向こう、さらに逢坂山（おうさかやま）のあっち側、京都にいる小三の娘のキッズケータイに電話してみました。平日だけど、学校行事の振替とかで家にいると聞いています。

「もしもし。おとうさん、どうしたの？」

「にゃー」と言うと、「ふにゃー」と応える。

「いや、声聞きたくってさ。げんき？」

「ふつう。何してるの？」

「しごとだよ。とうさんはさびしく暮らしているから、たまには東京においでよ」

「それはヤマヤマなんだけどねえ」と、ため息まじり。「いそがしいんだよ。休みなのに宿題いっぱいあるし。ありすぎるの。こういうの休みって言わないよね」。

小学生がぼやいています。

「いいよ、勉強なんか。風邪だったとかなんとか言ってサボっちゃいな」

「うそはいけないよ、おとうさん」。あー、すいません。

「Aくんとはいまも会ってるの?」

「会ってる会ってる」

Aくんは、娘のボーイフレンドです。二年生のとき同じクラスで仲良くなった。三年のクラス替えのときには「どうぞまた同じクラスでありますように」との祈りむなしく、一学年四組あるうちの「いちばんはじっことはじっこ」の教室になってしまった。

「だめだったね」と娘がAくんに言ったら、「でも会いにくるよ」だって。

それを聞いていた妻は、「いいなあ、私はいままで誰からもそんな素敵なこと言われたことない」とひがみました。あー、すいません。

小三となった娘は、それから休み時間、Aくんとは校内の「ひみつの場所」で会ってるとか。「どこだよ、それ?」と訊くと、「おしえたらひみつじゃなくなるじゃん」。そりゃそうか。

父はまたいつものようにちょっとほっぺたをすっぱくさせる。

「おとうさんもたまには京都にかえってきてね。おみやげとかはいいからさ」

娘も息子も生まれたときからとうさんとずっと一緒にいて、べったりくっついて生活してきたので、こういうふうに離れるのは互いに初めて。でも妻の報告を聞くかぎり、子どもたちは「わりと平気」で、親のぼくの方がわかりやすくさびしがっているようです。まもなく入稿も終わるから(この原稿とか)、週末に一回帰ろう。

編集長は忙しい

さて。《まずは落ち着け、の新編集長です》と前に書いてから二カ月が経ちました。あれから件(くだん)の新編集長は落ち着いたのかというと、どうやらそうでもないもようで、むしろ、大いにあわてているもようです。

80号が売れてるのかどうか二階の営業部に聞きに行ったり、また戻ってきて原稿をちょろっと書きだしたかと思うと、すぐ立ってダイニングでコーヒーミルの商品テストをやっているベテラン高野さんに自分は三台持っていると自慢しに行ったり、週イチでヤクルトを配達してくれるおねえさんにスワローズについて質問を浴びせたかと思うと、ひらめいた、お祭り取材だ！　お祭りは民衆運動「ええじゃないか」の原点でありますと主張した勢いで、また二階に下りて資料管理担当の難波さんに花森さん作「一戔五厘の旗」の現物を見せてくれと頼んで、それがあまりにも目映（まばゆ）いため編集部で仕事中のみんなを呼び出し、にわか鑑賞会を始めつつ、同時に脇に広げられたセピア色の写真の中の「しずこさん」こと大橋鎭子のモダニストっぷりに感心しながら、隣の台所での島崎さんの試作の動きが気になって、できあがりのおかずを横からつまんで「こら」とおこられ、逃げるように一階に下りたら近所の野良猫たちが集まっていたのでカメラを取りだしたものの猫たちは全然協力的ではなく毒づいたりと……いや編集長というのは忙しい。

単身赴任をさびしがり、家族を思う余裕は、実際のところそんなにないのです。目まぐるしい。現在も80号のプロモーション、81号の編集作業、82号の企画立案の日々。目まぐるしい。あんまり目まぐるしいんで、隔月刊をうたう『暮しの手帖』は本当は月刊ではないか？　と、制作進行の上野さんに訊いてみたら「そうですよ」と真顔で返事されたので、びっくりしました。

けれど愉しい。雑誌づくりは愉しい。このことを久しく忘れていました。大勢のプロが複数のテーマをめぐって右往左往、交錯し、それぞれがとても生真面目かつ丁寧に責務を果たし、やがてひとつの成果物に結晶していくこの感じ。

アナログにとって代わり、技術や手法がデジタル化しても、『暮しの手帖』の編集とは、紙にインクで記事を定着させる行為であるということは、七十年近く経っても何も変わらないのです。

雑誌には匂いがある。これに弱い。雰囲気という意味ではない、物理的な匂い。新しい紙やインクの立ち上ってくる香りです。本や雑誌を買うとついくんくん嗅いでしまいます。遠い昔、小学校の新学期、春に配られる新しい教科書のかぐわしき匂いにうっとりしていたものです。もっとわかりやすく言うと、本屋さんの匂い。とりわけ町の小さな本屋さんならどこでもある薫香。そういう身近な本屋さんが減っていくのはとても頼りない気持ちになります。

そしてもうひとつ。雑誌の編集作業でぼくが好むのは、人と人が出会ってつくるという行為そのものです。約束した場所に体を運び、互いに目を合わせ声を聴き時間を共有して。でないと摑めない大切なことが多いのです。電話やメールだけで諸連絡、打ち合わせを済ませられることは時間的には便利だけれど、そこには匂い、温度はない。だから、できうる限り「会って話そう」、現場のみんなともそう確認し合っています。この点ではぼくと『暮しの手帖』編集部員は通じ合っていると思います。

小池アミイゴさんにも、幡ヶ谷のコーヒー屋さんで久々に会いました。ぼくのこの拙文の挿絵をお願いするために。快く引き受けてくださった彼から、提案がひとつ。

「ご迷惑じゃなかったら、毎回会って絵を手渡ししたいんですけど」

わあ、ぱちぱち！　いいですねえ。本当にぼくもそういう気持ちだったのです。絵だってパソコンで送れる時代。けれど彼は直接届けたいと言う。

「そういうのって『暮しの手帖』っぽいじゃないですか」とアミイゴ氏は決めつけた。

実際に最初の80号の絵は、彼が走って直接編集部に自ら配達しに来てくれたものです。ぼくは「なにも走ってこなくても……」と、ちらり思いましたが。

そのイラストレーションは会社の建物をわざわざ一回見に来て描かれたものでした。ちょっとしたスペース内の、小さな絵です。けれどそこにはこれだけの時間、気持ち、エネルギーが詰まっている。

これはあくまで一例です。そういったことが隅々にあるのです。雑誌はかくもなんとも手間がかかる。けれど、手間がかかって何がわるい？

そう強く思うのです。

料理する人

ぼくらの　なまえは　ぐりと　ぐら
このよで　いちばん　すきなのは
おりょうりすること　たべること
ぐり　ぐら　ぐり　ぐら

中川李枝子さん作、人気絵本『ぐりとぐら』でうたわれる、ご存じの、のんきで素敵な歌ですが、編集部にいると、ふとしたとき、これが浮かんでくるのです。

この本、お子さんのいらっしゃるおうちなら、かなりの高い確率で読み聞かせをされているのではないでしょうか？　そのとき、この歌をどんなメロディ、節まわしでうたいましたか？

ぼくは一時期主夫をやっていたので、娘を膝に乗せ、おむつに守られたふんわりおしりを感じながら、百回以上はうたったと思います。子どもって、読み終わるとすぐに「もういっかい」ってせがみますよね。あれイヤだったなあ……「別のにしようよ」「やだ、これ!」。

うたうときのぼくの即興のメロディは、悲しいかな極めて一本調子、娘には申し訳ないなといつも思っていました。作曲の能力に乏しいのです。ときに高い声でやってみても、一オクターブ上がるだけで、調子はまるで同じなのでした。

この人はどううたうんだろう? と思って、妻の読み聞かせに耳をそばだてたことがあります。いちおう女優なので朗読がとてもうまい。迫真というやつで、たとえば彼女の読む『三びきのやぎのがらがらどん』なんかの怖いこと。ラストの「チョキン、パチン、ストン」まで一気呵成です(子どもをそんなにオドして大丈夫なのでしょうか?)。

「のねずみの　ぐりと　ぐらは、おおきな　かごをもって、もりの　おくへ　でかけました」

さあ、来た来た。
「ぼくらの　なまえは♪」
わ、一本調子！　しかもぼくと同じメロディだ！　妻も作曲能力がないのだなあと
わかった、ほっとして、ちょっと残念な瞬間でした。

このよで　いちばん　すきなのは

わが夫婦の秘密はさておき、『ぐりとぐら』です。
この歌詞、よく読むと不思議で、「いちばんすき」が「おりょうりすること　たべること」と、二つもある。よくばりな歌なんです。
頭のなかにこれが流れるのは、編集部で料理特集の打ち合わせをするとき。
企画は、これは編集長のぼくの方針というか好みなのですが、いわゆる会議という
あらたまった堅めのものはせず、そのとき集まれる者だけ集まって意見交換会みたい
な感じで進めていきます。「お茶会」って呼んで、お茶菓子をつまみ、お茶やコー

ヒーを啜(すす)りながら、あらかじめ全員から提出されている案の「これは」というものを選んで、みんなに「どう思う？」って尋ねる。暮らしの雑誌なので、みんなの実際の暮らしっぷりを聞くことが多いかな。

たとえば、先日だと「オーブン、みんな使ってる？」とか。

「うーん、そうでもないです」「私も」「なんでかなあ？」「夏場はあついし」「もう冬だよ」「いちいち身がまえる」「なんで？」「ちゃんとしようと思うから」「フライパンだと思わないの？」「フライパンは気楽」「うちのは電気なんで途中で開けたら熱が逃げやすい」「ガスオーブンがほしいんだけど、場所をとるので買えない」……こんな感じです。

「オーブンはいろんな種類があって、レシピが書きにくいんです」という、なるほどの意見もあった。これは読者第一、自らレシピに沿った試作をしているわが編集部らしい意見です。そして、あるスタッフがこう言いました。

「あのですね、うちのオーブン、上にいろんなものが乗っかっていて、それをどけるのが億劫(おっくう)なんです」。思わぬ核心をついた白状です。

「あ、うちも」「うちも」「言えてる」。なるほどオーブンの上は平たくて、ものを乗せやすいんですよねえ。けれど、乗せたまま使ったら……燃える！

『暮しの手帖』なのに、みんな意外とちゃんとしてないなあ、ってこれまたほっとするような残念なような。いやまあそれだからこそ庶民の立場でものがつくれるんだ、と前向きに考えることにしよう。

最近得た真理は、意見が多く出る企画、盛り上がったテーマほど、のちに読者からもたくさん感想をいただき、評判も上々だったりするということです。

議論はそのあとも「オーブンの利点とは？」「どんな料理に向くのか？」「記憶にあるおいしかった料理は？」「どの先生にお願いしたいか？」「誰に撮影してほしいか」……などと続きます。みんな真面目で一生懸命です。もちろん仕事ですからね。でもそれ以前に、料理や食べる話、情報交換はとても愉しい、井戸端会議のようです。

そんなときにこっそりぼくの脳裏に流れているのが、『ぐりとぐら』の歌というわけですね。

「このよで　いちばん　すきなのは」。一本調子なのが返す返すも残念ですが。

打ち合わせは、お茶会だけでは終わりません。個別に一対一で、あるいは三、四人でと、ヒマそうな人をつかまえては、「オーブンは十ページ構成かな。どう思う?」なんて繰り返すのです。雑談風がベストと思っています。

脳内の歌は、試作・試食のときにももちろん流れます。担当者は入稿時、先に書いたようにレシピの検証、すなわち料理の試作を一階下、二階の台所で行うのですが、制作が進むと混雑気味。できあがると編集部まで運んで……と、こんなにエプロン姿の編集者がうろうろしている出版社ってめずらしいなあ、ヘンだなあと、何度見てもそう思います。

「試食、お願いしまーす」と言うときの担当者、とてもいい顔なのですよ。適度に緊張していて。おいしくできていますように。この気持ちがそのまま誌面に映されるのだと信じています。プロとして正確なレシピの表現ができ、読者がちゃんと再現できるのか? これが最大の課題なのです。

「ね、おいしいでしょ?」と、みんな言いたいのです。

どや、うまいやろ

先日、土井善晴さんがおっしゃっていたのですが、「料理する人がいちばんえらいんです」と。

ご自身が料理人なので、一瞬いぶかしく思いましたが、エラぶっておられるわけではもちろんありませんでした。先生によると、グルメブームとやらで食べる側は常にわがまま、いまや際限のないおいしさを要求してくる時代だけれど、それにいつも応えようとするのが料理する人であると。プロの料理人はともかく、家庭料理でそれが起こっているのは由々しき事態。そこが問題なんです。

料理する人。誰かのためにお料理をつくる人は、その誰かのことを必ず思っているということです。おいしく食べてくれますように。栄養がとれていますように。「プロは食べ手の栄養のことなんて、考えていません」と土井さん。

盛りつけも自分ひとりだと「ええ加減」なのだけど、誰かがいるときちんと、おいしそうに盛りつけようとする。なるほど、確かにそうですね。

ぼくが子どものころ、母や祖母が毎朝つくってくれたお弁当。あそこにはとてもわかりやすい愛があったのだろうなあ、といまごろ思います。偏食ぶりがひどくて、あれはいらん、これもいらんと本当にろくでもない、わがまま次男坊だったわけですが、そういうのにいちいち応えてくれてたんだなあ。母はやせっぽちの息子にどうやってニンジンや魚を食べさせようかと苦心したそうです。

いまだに母は電話の向こうから、ちゃんと食べてるかどうかの確認をしてきます。「ちゃんと食べて、たくさん飲んでる」と答えると、「飲むのは余計や」と判で押したように反応します。帰郷したときは、得意のばら寿司やコロッケ、カレーで迎えてくれる。孫もいてばたばたの「饗応夫人」と化します。過剰の愛ともいえるなあ。

料理するのは、料理してあげるに近い。食べるのは好きだけど、食べさせてあげるのはもっと好き。これが人間というものかもしれません。

いまや偏食児ではなく食いしん坊と呼ばれるべきぼく、食に関してイヤしいかイヤしくないかと訊かれると、イヤしいと答えるべきぼくですが、自分の子どもには「いちばんおいしそうなとこ」をあげてしまう。不思議です。

「ね、おいしいでしょ」と言いたい。「おいしい」と言わせたい。このぼくとしたことが。人は変われば変わるものです。この夏はぼくの大好物のスイカの先端の、いちばん甘いところを息子に食べさせつつ、「どや、うまいやろ」とわざと大阪弁で言う。これ、心地いい言葉だなあ。

そういえば、ぐりとぐらは、みんなに巨大カステラをごちそうしますよね。そのときの歌の素敵な一節、覚えていますか？

けちじゃないよ　ぐりと　ぐら
ごちそうするから　まっていて

目指す人間像というのはいろいろあるのですが、この「けちじゃない」というのが、つまるところの自分の理想形のように思っています。

それにしても、どんなメロディなのかなあ？

◎追記：この文章を発表したあと、読者から編集部にいくつかの楽譜が届きました。「わたしはこんなふうに歌ってます」と。『暮しの手帖』の読者はすごいなあ、って思うのはこんなときです。

『ぐりとぐら』中川李枝子作　大村百合子絵　福音館書店

デンキがはしる

『暮しの手帖』をつくっていて、どんなときが一番楽しいですか？

なんて質問をいただくことが、よくあります。

そういうときには、「デンキが走るとき」なんて答えたりしています。

雑誌の編集というのは長距離を行く鈍行列車のようなもので、大勢が乗り込み、おのおのの荷物をいっぱい積んで、町や村、森や海、ビルや工場……さまざまな人、建物、景色を見て、いろんな駅に停まりながら、終着駅を目ざしひたすら進みます。

強風、落雷、架線事故、停止信号、脱線……あ、脱線はいただけませんが、途中本当に種々の不測のことが起こる。

カッコよく書いてるけど、イメージとしては、高畑勲さん・宮崎駿さんコンビの『パンダコパンダ　雨ふりサーカスの巻』の、動物をいっぱい乗せて、でこぼこ線路を水のなかまで突き進むデタラメ列車が近いかな。

一冊一冊がそんな旅です。ひとつとして同じ旅なんてない。道中は、どの時点も楽しいですし、どの時点も苦しいともいえます。終着駅は、読者が手にしてくださっているとき、そこがゴールですね。

その中でときおり「デンキが走る」瞬間がある。平たくいうとビビッとくる、かな。企画立案や打ち合わせのとき、撮影で、デザインを見て……身体に震えが走る。それがぼくの一番楽しい時間です。意図とは関係なく、いつも突然やってくるのです。青天の霹靂（へきれき）。アウト・オブ・ザ・ブルーであります（素敵な表現なので、英語でも言ってみました）。

94号でいえば、たとえば巻頭のフジコ・ヘミングさん。当代の人気ピアニストが少女時代に記した絵日記を特集しました。この記事のきっかけは、ある知り合いに見せてもらった画像です。一見して、胸を射貫かれたのです。少女性の高い、愛らしい、けれど実に生真面目に一所懸命に綴られたひと夏の記。これは現在のフジコさんの原石といえましょう。

描かれた一九四六年夏といえば敗戦翌年、花森安治と大橋鎭子が『暮しの手帖』の前身となる『スタイルブック』を創刊したときです。82号に復刻版を付録につけたのでご存じの方も多いと思いますが、そういえば洋服の色合い、風合い、おしゃれへの憧憬（しょうけい）の感じ……がとても似ています。あの時代の東京の空気がそのままここに詰め込まれているかのような。

日記の現物は、パリのフジコさん宅の金庫のなかに眠っていると聞き、フランス取材を敢行致しました。一般の雑誌だと、広告のタイアップとかでお金の工面はまあまあだなんとかなるのですが、『暮しの手帖』の場合は、広告がなく、スポンサーもいないので必死の予算立て、算術であります。担当の佐藤礼子さんはじめスタッフ数名、ぎりぎり六日滞在のパリ。佐藤さんは、現地でカメラマンを調達、ホテルも飛行機もとても上手に、格安のものを手配しました。

無事にフジコさんに会え、ご自宅でインタビュー、調度品から愛猫・愛犬まで撮って、日記の現物を借り受けました。いまも奇跡のように色鮮やかに輝く絵、けれど紙はもうすぐにも朽ちそうで、佐藤さんは胸に抱えるようにし、なくしはしないかドキドキしつづけて帰国の途についたそうです。

これです、これ!!

あるいは「南インドのコーラム」特集。この写真を見たときにもデンキが！ コーラムとは一軒一軒の家の玄関先の路上に、毎朝米粉で主婦が描く美しい吉祥紋様のことです。この絵はすぐに鳥についばまれ、道行く人や犬に踏まれ、風に散る。残らないアートなんですね。作品がすべて紙や写真、インターネットに記録され、発表されるものと思い込んでいる頭が、ガツンとやられました。日々の営みに当たり前のように組み込まれたこの作業、手間、無償の祈りに震える。

デンキが走るのは、大きなロケばかりとは限りません。

たとえば油揚げ料理の取材・撮影。スタイリストの高橋みどりさんと作家の平松洋子さん。同い年、なかよしの二人が、みどりさん宅で和やかに繰り広げた「油揚げ愛」談義の時間も忘れられないひとときでした。

平松さんが「たとえばね……」ということで、くるくると丹念に油揚げを巻き、焼いてくれた、作品名「うず巻き」。それを口にさせてもらったとき……ビビッ！　あ、これです、これ!!　って。

油揚げ料理を仕込んでいる最中、みどりさんが、

「ああ、早く食べたい！　こういうの、ビールを飲みながらつくりたいのよね！」

と急に叫んだ。暑い夏の日です。早くカンパイしたい。早く食したい。

わかる。ぼくもまったく同感でした。

このセリフにもビビッ。よし、次回は「ビールを飲みながら作るおつまみ」特集をやるのだ。そう決意しました。

こんな瞬間の震え、波動を伝えたい。ぼくは、それが雑誌だと思うわけです。この感覚があるから編集者はやめられない。気楽な稼業とはまったく申せませんが、スタッフはそれぞれがこの快感を帯びつつ仕事をしているはずです。

終着駅に向け、うまく運ばれ、伝えられますように。

でこぼこ線路をゆく列車のなかで、編集部員はそればかり願っています。

花森さんはいまも編集部に

編集部に葉書が舞い込みます。

「1世紀49号の『ある日本人の暮し』に登場させていただきました。今から57年前のことです。貴誌は全部、大切に持っています。当時、若かった私共夫婦も、今では合わせて170歳になりました。熱烈な、『暮しの手帖』の応援団のひとりと自負しております」

愛知県春日井市在住、五十七年前に取材を受けた元機関士の川端新二さん八十七歳からです。

編集者の北川史織さんが返事を書きました。

いままさに、花森安治をテーマとする別冊をつくっていること。そのなかで、自分が最も心惹かれたおふたりの記事を紹介していること。このタイミングでお葉書をいただき、どれほどうれしかったか。

　すると、すぐに川端さんからお手紙が返ってきます。

　名もなく貧しい若夫婦を『暮しの手帖』は記事にしてくれた。結婚六十年の中でも、編集部の一行とともにいた三日間は、「本当に良ひ思ひ出」「貴重な体験」であったこと。

　封書の中には、当時花森さんが記念に残してくれた機関車の絵と、みんなのサインのコピーがありました。そこにはこんな言葉が――

　コノ日モ／コノ夜モ／カマヲタキ／汽笛ヲナラシ（中略）キカン車ヲ動カシテイルヒトト／ソノ愛スルヒトニ
　　　　　一九五九年三月二日　花森安治

　北川さんは、現在の川端さんにお会いするべく、カメラマンと春日井市に向かいました。ご夫婦はご健在で、その取材の様子はぜひ『暮しの手帖』84号巻頭で確認してください。

まだ編集部にいる

ぼく自身は、この半世紀を超えた、川端ご夫妻と小誌とのまぶしい交流に圧倒された者です。温かいというより熱いと呼ぶべき気持ちがそこにはある。ご夫婦の中に六十年近く経ても、高い温度を保ったままいまのいままで続く思いが。

花森さんたちは一生の美しい刻印を彼らの心に残したのですね。

『花森さん、しずこさん、そして暮しの手帖編集部』（小榑雅章著）の中の言葉がよみがえりました。一九七四年の第2世紀33号、編集部員だった小榑さんと写真部員が持ち帰った、人気の定例企画「ある日本人の暮し」の取材写真を見て、花森編集長はこう怒鳴ったといいます。

「（取材対象に対して）君たちは同朋意識がない。おなじ仲間なんだという気持ちがない」「抱きかかえるように撮ってあげるのが、われわれの仕事だ」「『ある日本人の暮し』というのは、そういう涙と涙の間でつくられているもんなんだ」「内側に、心臓の中に、涙を流しながら泣きながら撮ってきたんだ。その人の心に立ち至って……、その人の暮しに立って」……

《100年胸に叩き込むべき叱責》と小榑さんは書く。ぼく自身も読んでいて自分がおこられたような気持ちになりました。

その人の心に立ち至って。その人の「暮し」に立って。抱きかかえるように。涙を流しながら。

ぼくらはいま、それができているのだろうか？

いま、ジャーナリストたちはそれができているだろうか？

花森さんが亡くなって四十年近く経ち、現在の『暮しの手帖』の編集者の全員が彼と時をともにさえしていないのですが、花森安治という人はまだ確実に編集部にいる。そう強く感じています。それは追慕するとか偲ぶといった距離ある対象というよりり、もっと重量をもって、どっしり存在している感じです。

かつて彼が抱きかかえるようにつきあった人たち……川端さんをはじめとする幾多の取材対象者も、社員や仲間たち、そして読者。みんなが彼のことを熱く思う限り、ここにいる。ここにいて泣いている、笑っている、おこっている。それでいいのか？

そんなやり方、そんな雑誌でいいのか？　問われつづけています。

なんならいますぐにも出てきて「こらぁ」と怒鳴りだしそうだ。

会ったことのない人がいま尚そばにいるような、この不思議な波動、圧力。初めて感じる体験です。

こんなおとなになりたい

ぼくがまだ大学生だったころ、『本の雑誌』でのアルバイトをきっかけに、当時編集長だった椎名誠さんを隊長とした「怪しい探検隊」というものに連れていってもらいました。

身分はドレイ。漢字で書く「奴隷」ではなく、カタカナ。ソフトなやつです。って、わかりにくいですね。

探検隊がどんなことをしていたのかはご存じの方も多いでしょうし、椎名誠著『わしらは怪しい探険隊』や『あやしい探検隊 北へ』(いずれも角川文庫)などに詳しいのですが(前のは「怪しい」「険」、後ろは「あやしい」「検」と、隊長、アバウト!)、簡単にいうと、男たちがテントや鍋、釜、やかん、食材、お酒を背負ってぞろぞろ移動、どこかの海辺や川べりにテントをはり、夜は焚き火を囲み、お酒を飲んで、どんちゃんやって帰ってくる。それだけです。探検らしい行動はほぼ皆無。「おーい、タコ見つけたぞお！」「タヌキの足跡があるぞお！」くらいかな。

主に学生からなるぼくらドレイ隊員は、荷物運びがメインジョブ。昔風にいうと強力(ごうりき)でしょうか。腕力があったり気がきいたりする優秀なドレイは何人かいましたが、ぼくはというとひょろひょろのひょうろくだま、強力ではなく弱力(じゃくりき)、気はきかず、暑いのも寒いのもけむたいのも苦手で、そのくせお酒だけは大量に飲んで、隊長以下諸先輩たちを大いに嘆息させる存在だったと思います。

あれは一九八〇年ごろのことだから、いまからもう四十年近く前。風格があって、第一線でばりばり活躍する椎名さんのことをいつも「おとな」「おじさん」と思っていたものですが、計算してみればあのころの彼はまだ三十代後半。若かったのですね。現在のぼくより遥かに下で、つまり風格とはつくづく年齢なんて関係ないのだなあと、ちょっとくやしく思います。そしてよくもまあ、ぼくなんかを連れていってくれたものだと寛(ひろ)い心に感謝します。ぼくだったら、役立たずのサワダ青年に声は絶対かけません。

椎名隊長は、七十代になっても若者たちとキャンプを繰り広げているもよう。ぼくも前に一度「雑魚(ざこ)釣り隊」なるチームの遠征に連れていってもらったのですが、そのときには「伝説のドレイのサワダさんです」とドレイ頭(がしら)から現ドレイ君たちに紹介され、「おおっ」とあがめられました。得意げに一瞬胸をはったものの、よく考えてみればそれは立派なことなのかどうか。

若者を大切に

探検隊は面白い体験でした。

炎天下の浜辺で麻雀やったり、サバの目玉を二個とも食べた食べてないでモメていたり、木村晋介弁護士が「ぶいやべーす音頭」をうたい始めたり、誰かが口にガソリンをふくんでぶわーっと火を吹いたり……。当時学生だったぼくは、おなかが痛くなるほど笑って、大いにびっくりして、自分よりバカで、遥かに自由度の高いおとなたちを、まぶしく、本当にあこがれの気持ちで見上げていたのです。

ああこういうおとなになりたい、って願いました。冷静に考え、思い出すと、非常にろくでもないことのほうが勝（まさ）っているのですが、そうだからこそ貴重な体験だったと思います。

もう遠くに過ぎてしまった、どれもが幻灯のように美しい思い出です。

常に感じていたのは、学生、若者を大切にしてくれていたなあということでした。人使いは荒かったけれど、めいめいを人格ある存在として扱ってくれました。探検隊の面々も、バイト先の本の雑誌社の目黒考二さん、当時事務をされていた群（むれ）ようこさんもそうでした。イラストレーターの沢野ひとしさんは学生のぼくのパンをとったけれど、そのあとで焼肉をおごってくれました。

これは椎名氏、目黒氏の体質と考えますが、シンプルに体育会的で、歳とってるほうがえらいのだぞ、だからイバらしてもらうし、君らは言うことを聞かねばならぬが、しかし同時に君らは守られてしかるべき存在なのだ。お金もないだろ？　おごってやるぞお、どんどん食べなさい飲みなさい、って。

タテの関係を大事にする。上の者がきちんと教え、下の者は謙虚に教わる。そうやって大切なものが伝えられていく、という昔気質の感覚です。いってみれば徒弟制度。探検隊のドレイ制とは人間関係や遊びの技術を学ぶ修行の場だったのでしょう。観念ではなく体感として社会を学んだ気がします。

本の雑誌社は新興の零細出版社なので、賃金こそ多くはありませんでしたが、昼夜のごはんには毎週のように連れていってもらい、たっぷりごちそうになりました。学生には絶対お金を払わそうとはしなかった。若造で生意気な学生、ひよっこのぼくらによく長時間つきあってくれてるなあ、って子どもゴコロにも思っていましたが、いまならわかります。面白いんですよね、これが。未来ある若造って、てんでサエないけれど、素敵なんだ。

あれから歳月がずいぶん流れました。ぼくがまともなおとなになったかどうかは未だわかりませんが、あの日々に「こんなおとなに！」と思った気持ちはわりと頑なに忘れていないつもりです。

約三十年勤めた出版社では、何人もの学生バイトを迎え、送り出しました。たくさん仕事してもらい、教え、叱って、ごはん食べて、ときには旅行までして時間をともにしてきたものです。いまでもぼくはたくさんのいろんな年齢の彼ら彼女らと連絡をとっています。就職した辞めた結婚した離婚した子どもができた家を買った……とさまざまな報告を受けてきました。中には同業者になった子も何人かいて、自分のつくった雑誌や本を律儀に送ってくれたり。ある子は、なんとおごってくれたりとか！（これはうれしいけど、すごく居心地悪くもあります）

バイトさんからの手紙

現在の編集部にも、毎日二人ずつ学生が来てくれています。ぼくだけでなく編集部員たちみんながきちんと接してくれているのがありがたい。バイトさんも、「でございます」って電話で言ってる。

編集長は編集長なので大いにイバりつつ、イバった分、ごちそうとかせねばなりません。若い人、焼肉好きだねえ、食べなさい食べなさい、ぼくはさっぱりと冷麺半分あれば……って、もうじいさんだ。

先には、菓子折とともに手紙が舞い込みました。三カ月だけアルバイトをして、就職していったKさんからです。ご紹介します。

短い間でしたが、大変お世話になりました。ご迷惑をおかけした事も多々あったと思います。いつも温かいお心遣いを頂き、また気にかけてくださったりと、皆さまに感謝の気持ちでいっぱいです。就職を目前に控えた、この3カ月の間に暮しの手帖社の皆さまと出会えた事は、大変貴重な経験となりました。

「私もこんなおとなになりたい」「もっと毎日をていねいにしよう」新社会人になる前に、尊敬できる人生の先輩と出会い、一緒に働く事が出来た事が何より幸せです。

年をかさね、『暮しの手帖』のふかみを味わい、そして楽しめる女性になれるよう、社会人生活を頑張ります。

本当にありがとうございました。

なんとまあ礼儀正しい、りっぱでうれしい手紙でしょうか（菓子折なんて、気を遣うなよ！）。

そして、なんとここにも「こんなおとなになりたい」という言葉がありました。

そんなふうに見て言ってもらえて初めて、ぼくらはおとなになった気がします。

II　かぞくはうつろう

夏の終わりの生家で

「なんといわれても　わたくしは　ひかるみずたま……」

小四の娘が詩を暗唱する甲高い声で、昼寝から目を覚ましました。

窓からの涼風に夏の終わりを感じます。娘は翌日から始まる新学期に向けて、宿題の追い込み中。暗唱なんて、シブい課題であります。

とうさんの小学生のころはね、夏休みの初めにほとんどの宿題は片づけていたのだゾ。そうすると八月がとてもラクになるんだゾ。なんて夏休みの初めにアドバイスしてみたものの、娘は「ふーん」。まるで意に介さず、結局ひと夏、外出好きの母や祖母に連れ出されるまま、遊んで泳いで食べてうたってさぼって、今日(こんにち)にいたる。そして、いまあせっている！　かあさんに似たな……。

まあ今日あたり、全国の多くの子が同じようにあせっているのだろうなあ。みんながんばれえ！

ここは滋賀県東近江市のぼくの生家。めずらしく体調を崩した八十七歳の母がやっと退院できたため、家族四人で訪ねたのです。

母はひとり暮らしです。たった半月の母の入院による不在で、家の周囲は門も庭も畑も、草にのみ込まれています。家のなかも、饐えたような匂いがして埃も溜まり、ああ家屋というのは人がいないとあっというまに朽ちてゆくものだなと、掃除をしつつせつつなくなりました。

築年不詳の旧い家は、ぼくの生まれたときからそれほど何も変わらず残っています。わら葺き屋根の上にトタンをかぶせるという簡易方式。いまではもうあまり見られなくなった、昭和の名残たっぷりの建物です。《水》という字が側面に抜いてあるのは、火事を出さないおまじないとか。

水道はつながっているけれど、いまだに井戸水を使っています。深く掘った井戸を電気式のポンプで汲み上げる。水を出しっぱなしにしていると夏でも手がつけていられなくなるくらいに冷たいのです。昔は「水屋」という三和土の先にある台所で、スイカや、とれたてのまくわうり、トマトにキュウリを冷やしていたものです。

そういえば、三和土には「おくどさん」と呼ばれるかまどがありました。これはぼくが小学校のときに、炊飯器にとって代わって、姿を消しました。けれどいまでも記憶のなかに薪を燃やし、調理がなされていた光景、匂いが濃く残っています。日曜の朝、祖母がときどき「おちゃがい」をつくってくれた。茶粥のことです。温かいうちがおいしい、冷めたらまずい、とのことで、朝早くからみんなが起こされて、夜の遅い父は不機嫌だったとのちに母に聞きました。あれが食べたいなあ。

お風呂は五右衛門タイプで、釜の下から火を焚いてお湯を沸かす方式でした。入るときは板を乗せて、その上に乗っかるのです。熱いときは水でうめて、ぬるいときは窓から顔を出して「焚いて！」と大声で人を呼びます。そうしたら、母か祖母か兄がやってくる。みんな当たり前のように、代わりばんこにやりました。小学生のぼくも。いま思うと、あのころの子どもは、ずっと火というものに近かった。風呂を沸かす燃料はオガライトか、野山で拾ってきて乾かした木を、手斧ですぱんと切ってつくった薪でした。薪割りはぼくもときどきやらせてもらって、パッキーンと割る、その気持ちよさは腕が覚えています。

ぼくのなかでは、お風呂と木の燃える匂いは、感覚的にセットになっています。

なんでこんなに眠れるの？

こうやって書いていくと、とてもノスタルジックで、ちょっといい感じなのですが、まあようするに戦後復興期の公務員の家庭。いずこも同じ田舎の貧しい暮らしでした。七〇年代、高校生になると、ぼくはここを早く離れ、東京に出たかった。

夏は暑くて、冬は底冷えのじめじめ、言葉はもっさりした関西弁。本屋は駅前にひとつ、ピンクしかかからない映画館がひとつ……青年は脱出を望み、十八歳、大学進学時に決行しました。そのままずっと四十年近く東京にいたのです。すっかり垢抜けた都会人になった。かどうかはわからないけど。

それが、どういったことでしょう。いまは、逆に静かで鄙(ひな)びたここが、いちばん落ち着く場所に。なんでこんなに眠れるのでしょうか？　眠っても眠っても眠いのは、ぼくのなかにまだ赤子の魂が潜んでいるからかもしれません。

と、そんな思念、静けさを破るように廊下をどたどた走る音が。息子三歳です。

こちらではさきほどから宿題に追われる必死の娘九歳がいて。

十年前は存在しなかったこの新しい生き物たちを、二つ折りの座布団を枕にして横になった母が、いとおしげに見つめています。

時がうつろってゆく。庭のツクツクボウシの歌は少しも変わらないけど。

ぼくの父が亡くなってもう三十年。次いで祖母が逝き、そしていつか母もいなくなるのでしょう。母は「もう死ぬ」「もうだめだ」と言ってもう二十年くらい経って、いま尚健在ですが。そして、そのうちには、きっとぼくも。この頼りないボロ家は、それまで建っているでしょうか？　ここに誰かが住むことがあるのかなあ？

たとえ家がなくなっても、裏庭の大きな年寄りの柿の木、もっと年寄りの紅梅の木など、代々の澤田家の人々を見つめてきた木々は、まだ残っていることと思います。

大きくなった娘、あるいは息子は、ここを訪ねてきてくれるでしょうか？　彼らの子どもを連れて、とか？　ああ、そうしたらその子はぼくの孫かあ……。

「なんといわれても……」

娘が繰り返し繰り返し諳（そら）んじている詩は、宮澤賢治。

未来ある子にぴったりの詩で、さらにせつなくなってしまいました。

何と云はれても
わたくしはひかる水玉
つめたい雫
すきとほった雨つぶを
枝いっぱいにみてた
若い山ぐみの木なのである
（宮澤賢治）

旅する子どもたち

大きいリュックの人と小さいリュックの人が手をつないで、高台から海を見おろしています。九歳の娘と三歳の息子です。

この夏は、久々に家族四人で旅に出ました。北海道、知床半島です。風が強い。とても強い。弟のリュックが赤いのは、姉のおさがりだから。おちびにはかばんは不要なのだけれど、「じぶんももつ」と強く主張してゆずりうけました。中には、おせんべいや飴玉、機内でもらった飛行機のおもちゃ、かあさんがいれた「もしものとき」のためのパンツが収納されています。ちょっと前まではおむつLサイズが入っていて、それなりに便利でした。

上の子はひょろひょろのゴボウ体型、下の子はころころのコガネムシ体型。いずれもリュックが大きすぎてアンバランス、父の目には両名とも極めて頼りないのですが、弟は姉の手を、なにを信用しているのか、ぎゅっと握っております。姉は姉でそれなりの責任感があるらしく、海風に飛ばされぬよう弟の帽子を直してやったりしている。二人で海を見てぼそぼそと、いったいなんの話をしているのかなあ。びゅーびゅー吹く風のせいで聞こえません。

ん？　ところでこの姿、どっかで見たことあるぞ……。

と思ったら、絵本の『ペンギンきょうだい れっしゃのたび』（工藤ノリコ作、ブロンズ新社）でした。「おねえちゃん」と「ペンちゃん」「ギンちゃん」のペンギン三姉弟だけの旅のお話。列車に乗って、田舎のおじいちゃん・おばあちゃんちに向かうのです。

前夜から三つのリュック大中小にそれぞれの荷物が用意してある。キップにおサイフにおみやげは、おねえちゃん。三つの浮き輪はペンちゃんが担当。末っ子のギンちゃんはパンダのぬいぐるみにクルマのおもちゃに飴玉と、あまり役に立たないのはうちの息子と同じです。それぞれが持つ三本、三色のちびハブラシがかわいらしい。

三名は、朝、混雑した駅でお弁当を両親に買ってもらったあと、車両に乗り込みま

す。愉しいけど心細い旅のはじまり。歳上のおねえちゃんはリーダーで世話係です。弟というのはとてもたよりないもの。なのに、「キップはじぶんでもつ」とか主張する。そしてそれを必ずなくすものです。

「ない　ない　ない、どこにも　ない！」

「だから　おりるまで　おねえちゃんがもっててあげるって　いったのに……」

このセリフって世界中の、弟のいるおねえちゃんが口にするような気がします。

結局キップは親切なアザラシのおじさんが「はい　ぼうや、おとしてましたよ」って、半べその子どもたちに渡してくれました。

ペンギンきょうだいはあちこちに

こんなふうに言葉にしていくと他愛のないできごとなのですが、子どもにとっては大事件なんですよね。キップがないと改札を出られません。ぜったいに。一生出られないかもしれない……なんて絶望にとらわれるもの。

「だよね」と編集部の隣席の田島さんに同意を求めたら、「わたしもこないだ降りた駅でサイフごとなくしたことに気がついて、知らないおばさまにお金を借りました」だって！

ペンギンきょうだいはあちこちにいます。

ぼくの妻には三歳下の妹がいて、小学生のころ、大阪の実家から山形県鶴岡市の祖母の家まで姉妹二人きり、日本海に沿って走る寝台車で向かったことがあるそうです。妹はのんきに眠りに落ちたけれど、姉の自分は緊張して全然眠れなかった。車内にはいつまでも愉しく飲み続けているおじさんたちのお酒とスルメの匂いがただよってきて、このおじさんたちはチーカマをくれたそう。そういうことって、一生忘れませんよね。

姉はやっぱり何回でもキップを確認してたとか。朝焼けの駅のプラットフォームで、お迎えのおじいちゃんとおばあちゃんの「まんまるの笑顔」を見たときのうれしさときたら！　って語ってくれました。それってまったく『ペンギンきょうだい』ではないですか。

一方、ぼくはというと、ほとんど子ども時代の旅行の記憶がありません。それなりに大事に育ててもらったはずの次男坊なのですが、旅は数えるほどしかしていない。のちに母にそのことをなじると、「あのころはうちも、たいていどこの家でも、食べていくのに必死でそんな余裕はなかったんや」と応えました。半分事実でしょうが、母自体が旅行好きではなかったということが大きいのでしょう。そしてそもそもぼく自身がひどく乗物酔いするたちだったということも理由のひとつだったと思います。

ペンギンきょうだいも、うちの子どもたちも、まったく乗物には酔いませんが、サワダ少年は酔いました。特にバスに弱かった。小学校時代の学校の遠足はすべてバス旅行で、一年に彦根、二年に米原、三年に大津、四年に京都、五年に奈良、六年は伊勢一泊と、記憶力のよいぼくは全部覚えているのですが、つまり学年とともに遠距離+長時間となっていくわけで、そのすべてに酔いました。つど悲惨な結末に。

ディーゼルの匂いが苦手でした。遠足の日が近づくとどんどん憂鬱になっていく。神経質な性格で、当日朝は起きたとき、まだ布団のなかなのにもう油の匂いを嗅ぎだしていたくらいで。

なによりの原因は母にありました。ぼく以上に神経質で心配性だったこのおかあちゃんは、息子は弱いと決めつけて、一週間前から耳元でずっと呪文のようにこんな言葉をささやき続けたものです。

「センパア、食後に忘れんと飲むんやで」「遠くの景色見てたらええ」「梅干が効く」「おしりの下に鼻紙を敷いたら効くっておまじない聞いたわ」「クールミントガム嚙んどき」「すすんでマイクとって唄をうとてたらまぎれる」「すこんぶはあかんで」「先生に言うていちばん前に座らせてもらうんやで」「センパアは食後やで」……。

センパアとは酔い止め薬です。

いま書いていても胸がむかむかし始めます。


先生、サワダくんが……

運命のバスに乗り込むとき、担任に「前の席に」などと言える器量があるわけもなく、気づけば後方のタイヤの上の補助席なんて窮屈な位置に。こんなところでは遠くの景色も見えません。かわいそうなサワダ少年は、ものの数十分で「あかん」ようになるのでした。「先生、サワダくんが……」。ああ！

結局ぼくが乗物に強くなるのは、ずっとずっとあと、編集者になってからです。仕事に追われて、先輩のキャップや編集長や著者やデザイナーや印刷所を待たせて、酔うとかそんなこと言ってられない！　電車やバスやクルマの中でも原稿を書いていないともう間に合わない！　雑誌が出ない！　おこられる！　……と、そんな必死の状況になったときから。なんだやっぱり気の問題だったんだ、とわかった瞬間からです。

以降、公私ともたくさんの愉しい、ときに厳しい旅をしてきました。国内も海外もロケ旅もキャンプ旅も、実にあちこちに出かけ、酒に酔うことはあっても、乗物に酔うことはなくなりました。

そしていまや、「旅欲（たびよく）」というものが、ぱったりと消えてしまった気がします。経験値がどんどん増え、だいたいのことに慣れてしまって、初めてのことが減っていったからでしょう。それはなんだかさびしい。

初めてのことを前にすると、人はこわくて、緊張して、いっぱいいっぱいになります。実際にたくさん失敗もする。そういうのはあとでだいたい笑い話になる。とても新鮮で刺激的です。人生が愉しいというのはこういうことかもしれません。

いま北の海を見る、このたよりない、まっさらの姉弟を目のあたりにして、うらやましいなあ、って父は思います。

強い風が吹きつけています。この子たちに愉快な、ばら色の未来が来ますように。今回も夏の旅先でいっぱい見た、見知らぬほかのちびっこきょうだいたちにも。絵本のペンちゃん、ギンちゃん、おねえちゃんにも。

来年あたり、妻がかつて体験したような、たとえば山形県鶴岡市の親戚宅とかへ姉弟だけで行かせようかなあ。みちのく二人旅です。

本当はそのあとをこっそり尾行して、様子を観察したい、って欲望がむくむく鎌首をもたげますが、親はそういうことをしてはいけませんよね。

子どもはつらいよ

京都に住む娘の小学校でマラソン大会がありました。今年もやるのか！　二月の行事、底冷えの賀茂川沿いをぐるっと回るレースです。小四にもなると距離も長くなる。子どもって、つらいな。

結果が知りたくて、夕方東京の編集部から妻に電話、娘にかわってもらいました。「ニャー」。この人は工藤ノリコさんの絵本「ノラネコぐんだん」シリーズ（白泉社）が大好きで、しょっちゅう「ニャー」とつぶやいているのです。

「おとうさん、なあに？」「どうだった？」「なにが？」「マラソンだよ、何番だったの？」「んー、八十三位。一年生のときとぴったり同じ」「そーかあ……うしろのほうだな」「でもあたしのうしろにも、まだ人はいたよ」

前向きなとらえ方です。応援に行った妻の証言によると「とことこマイペースで走り、一人でも追いぬこうなんて意欲はみじんも感じられなかった」「ゴール前のラストスパートもしない」とか。ぼくらに似たんだよなあと毎度のように嘆息すると、妻も「いえてる。しゃーない」と、こちらも意欲なく応えるのでした。

「完走したんだから、よかった」。こちらも前向きです。

そして確かに京都は寒い。先日出張のついでに立ち寄ったとき、娘は父にこう言ったものです。

「しっかり着こんだほうがいいよ。東京での常識はここでは通用しないからね」

あねご肌になってきました。

ひょろひょろ体型の娘は実際寒がりで、冬場になると見た目だけでも三〇%くらい影が薄く、背中が丸くなります。つらいだろうなあ、マラソン大会いやだったろうなあと想像します。本人は前述のように無理しない性格だからまだよいものの、泣いてる子は多いことでしょう。聞けばいったんは大雪で延期になったとかで娘は「わーい」と喜んでいたらしいけど、それはもちろんぬか喜び、延期とは中止のことではありません。

学校はきびしい。そして子どもってつくづくたいへんだ。おとなになってよかったって思うのはこういうときです。仕事も社会人生活もそれなりにたいへんだけど、少なくとも寒中に「走れ！」とは命じられないもん。走っているおとなの人は、自発的に走っている人です。

算数国語社会理科英語音楽体育図工習字技術家庭……まんべんなく能力を問われ、要求され、競争させられるのが子どもたち。かわいそう。

『暮しの手帖』の記事でも紹介したのですが、カヌーイストの野田知佑さんが校長先生を務める徳島県の「川の学校」はその点、理想的な学舎（まなびや）で、なんといっても持ち込み禁止アイテムが宿題、就寝時刻自由って！　そりゃあみんな明るい顔になるってものです。ちなみに、親は「半径三キロ立ち入り禁止」というルールもよい。最初は五百メートルだったそうですが、そうすると遠くから双眼鏡で覗いたりしてる父親がいたとかで。……少し気持ちわかりますが。

プールが壊れますように

先日ぼくのところに、滋賀県の母校の能登川中学校、今年の卒業生からアンケート式のインタビューが来て、中にこんな質問がありました。

「在校中の一番の思い出は何ですか?」

むずかしい質問です。

目を閉じれば郷里の、四十数年前、三年間過ごした、いまはなき木造校舎が浮かびます。広い池のあった中庭。休み時間には生徒の声が響きわたっていた。放課後のバドミントン部のこと。片思いの子のこと。背のびして読みふけった太宰治。担任のU先生が心配して「もっと明るい小説を読みなさい」とくれた文庫が『嵐が丘』で、どこが明るいねんと思ったこと。音楽室でうっとり聴いたドビュッシー『亜麻色の髪の乙女』。ときめいた映画『小さな恋のメロディ』。夏休みの初日、仲良しの男女四人で宿題を手分けし一気に全部のドリルを済ませてしまったこと……。

ああ、でもそれらの宝物のような美しい記憶たちのどれもが一番ではありません。

一番心に残っているのは、中二の夏の水泳大会でした。なんと、つらい記憶が一番とは！

泳ぎが苦手。近所には琵琶湖があったのだけれど、別に琵琶湖から生まれたわけではない。ただあのころは湖もそんなに汚れていなかったし、ほかにレジャーもなかったので、夏の浜や川は子どもたちの絶好の遊び場でした。ぼくもよく水泳パンツをはいて行ったものです。が、ほかの子たちが泳法に磨きをかけているあいだに、サワダ少年がやっていたことといえばシジミとりでした。息を止めて潜るのは得意で楽しかった。いや、どっさりシジミをとりました。持って帰ったら、おばあちゃんが喜んでくれた。けれど、このシジミ名人はともかく潜ってばかりで、泳法というものはいっさい習得できていなかったのです。

小学校時代から夏の体育、プールの授業はつらかった。五メートルさえ前に進みませんでした。むしろ掻くほどに後ろに進んでしまうこの不思議。みんなは目標の距離をクリアするごとに水泳帽に一本二本、赤緑青と、いろんな線を縫いつけていくのに、ぼくの帽子は真っ白のままです。カルキの臭(にお)いも嫌いでした。いまも夏を思うと、消毒のあの臭いが鼻をよぎる。あの臭いを嗅ぎつつ、裸で冷たいシャワーの順番待ちをしている、やせっぽちの少年の姿が浮かぶ。

夏が近づくたび「今年こそ冷夏になりますように」と祈っていました。プールの授業が中止になるからです。プールが壊れますように。レッドキングやガメラ、キングギドラが現れて、大暴れしますように……あらゆる祈りはしかしむなしいまま、空は快晴、ピグモン一匹現れませんでした。

水の苦手な母親、自身も泳げない彼女の持論が「泳ぎすぎると中耳炎になる」というもので、「風邪のふりして休んだらええわ」とアドバイス。でもそうそう毎回休むわけにもいきません。体育教師の目は節穴ではない。

つまりつまり、子どもってたいへんなんです。娘が寒中マラソンから逃げられないように、四十数年前のサワダ少年も水泳大会から逃げられなかった。逃げられぬまま水泳大会当日を迎え、断れぬままクラス対抗リレーに出る羽目となった。一人二十五メートル。遠泳です。

前の泳者の女子が2番で来た！　最悪です。ぼくは下からスタート。えいっ……ごぼごぼごぼ……耳に残っているのは「ヤスー、歩いてるで」の声。「おぼれてる」「なんしてんねん！」。怒声と笑い声。プールの中央で顔を上げると、先生も親友も片思いの子も大笑いしていました。みんなの顔をはっきり覚えています。

ぼくのせいでクラスはベッタ（＝ビリ）になった。なんとか水を渡りきったぼくはプールサイドに上がることさえできませんでした。もうこのまま底に沈んで、これからはここで泳ぐ人の足を引っぱるお化けになろうと決めた。

千葉すずさんに教わる

それが一番覚えている思い出です。アンケートにはその話を正直に書こうと思います。とほほの先輩。けれどあんなことがあっても、ぼくは生きています。お化けにならずに。少年は強くなりました。いまでは笑い飛ばすこともできる。だから「大丈夫」って、そんな言葉も後輩に送っておこうかな。

君のつらいことも、そのうち単に可笑（おか）しい話題に変わるよ、って。いいネタになるねんで。大丈夫。

最近は地元に帰るたび、当時の小中学校の仲間と遊んでいます。飲んで、乾杯ばかりして、バカ笑いしてる。

先日はなんと四十年ぶりに片思いの人に会いました。開口一番、彼女はこう言った。

「ヤスー、水泳大会、必死でがんばってたなあ。感動したよ。めちゃめちゃ笑ったけど。私やったら休むもん」

やっぱりあの日の悲劇を覚えていたのね！（それにしてもなんと微妙な感想よ）

ところで、ぼくは後年『ターザン』というフィットネス雑誌を編集することになり、なんとまあ水泳特集を担当させられ、千葉すずさんという元オリンピックスイマーと南の島まで撮影に行くことに。

千葉さんは、ご存じの方も多いと思いますが、キュートな顔立ちで面白いことを、きつめの関西弁でぽんぽん言う本音主義、本人の選んだ種目通りフ、リ、ー、ス、タ、イ、ル、の女性です。オリンピックのときに、マスコミから「メダル、メダル」と言われ問われ続けた彼女が放ったひと言、「そんなにメダル欲しかったら、自分でオリンピック出て獲ったらいいじゃないですか」というのは、いまだにぼくは正論だと思います。しかも、面白い！

南島ロケもほぼ終わりかけたころ、ぼくは「泳げない」という告白をしてみました。そしたら彼女、

「大丈夫。一生懸命やれば誰でも泳げます。教えますよ」

と真顔で言ってくれる。親切で頼もしい限り。なんといっても元オリンピック選手です。ぼくもついに!?

「まずはどんなスタイルでもいいから、二十五メートル泳いでみてください」

ぼくは指示通り、プールに入って、クロールまがいの動きをばちゃばちゃ始めました。ぜいぜいはあはあごぼごぼ……やっぱり真ん中くらいで立ってしまいます。そんなぼくを見た千葉すずさん、なんと言ったと思いますか？

「ああ、おっちゃんは水泳、やめといたほうがよろしいわ」

これは『ターザン』時代の、一番の思い出。

もういっちょう！

毎日やっていること。腹筋運動ちょこっと。ストレッチ。サプリメント摂取何種類か。朝の母への電話、五分。ポール・マッカートニーの何かのアルバムを聴く。『0655』と『2355』（ともにNHK・Eテレ）を見る（土日以外）。

週一でやっていること。パーソナルトレーニング（週二回目標）。有酸素運動ちょこっと。妻に会う（生放送のため必ず木曜にやってくるのです）。子どもに電話をする（あっちはそっけない）。ヒッチコックの何かの映画を見る。二年以上音沙汰のない友人に連絡をとってみる。包丁を研ぐ。

毎月やっていること。クリニック通い。髪の毛のカット。ウィリアム・アイリッシュの何かの小説を一冊読む。

季節に一度やっていること。家族に会う。歯医者さんに行く。眼鏡の調整。

思いつきで、このところ定期的にやっていることってなんだろうって、考えてみたのです。文化モノは古さが目立つな。保守的になっている。メンテナンス、調整ごとが多くなってるなあ。とくに体関係。

まもなく、六十歳になっちゃうのです。おお、六十歳なんて！　ビートルズの「When I'm Sixty-Four」までもうあと四年なんて！（アニメ『イエロー・サブマリン』のこの歌では、四人が白髪もくもくのおじいさんになりますね）

人前に出ること、若者と接することも多い仕事なので、比較的若く見られがちではありますが、どうにも体を重く感じています。実際この二年で三キロくらい重くなっている。編集長という不規則かつ重責ある仕事のせいだ！

なんて『暮しの手帖』のせいにしてはいけません。

もともと体は硬いのですが、ますます、といった実感があります。腰の痛さは増すばかり。関節の可動域が狭い。五十肩にもなった。両肩がなった。以前はほいっと越えられたガードレールも、いまは安全を期して遠回り。石段からのとびおりなんてコワくてできやしない。くやしい。

尻こ玉を抜かれる

この春休み、家族旅行に行ったのです。前述のごとく子どもたちに会えるのはほぼ季節ごと。だから成長、変化というものが目に見えて、はっきりわかります。

旅先では恒例の相撲です。鍛えてやらなければね。ここで父の存在感、魅力をアピールせねば、です。公園の芝生の上、「もういっちょう！」の娘の声が響く。十歳が頭から突っ込んできます。こてん。弱い。「もういっちょう！」。娘は転んでも転んでも、きゃあきゃあ笑いながら立ち上がる。外がけ、内がけ、いなし……と自由自在。どうだ。とうさんは技のデパートである。

「っちょう！」。君は稽古中の白鵬か。踏んばる脚に少しは筋肉がついたかな。

「こらあ！」。脇から四歳の息子が、拳固を握って父に襲いかかってきました。姉とは犬猿の仲なのに、こんなときは加勢をするのだなあ、けっこうなもんだと感心。し

かし体重十五キロのコガネムシなんて、さらになーんのことはない、つまんでポイでありますます。福祉大相撲で子どもの相手をする力士になった気分です。

しかし。戦うこと数分。……ぜいはあ……ぼくのエネルギーが切れてきました。万年腰痛がじょじょに悲鳴を上げはじめています。

「もういっちょう！」「こらあ！」。わあ、もうだめだ。まいったまいった。「きゅーけー」。息が切れて、座り込んだところに、「それぇ」と二人が襲いかかってくる。息子は拳固を振り回す。あいたた。眼鏡が飛ぶ。それすでに相撲じゃない。

いつか聞いたカッパ伝説をふと思い出しました。相撲好きのカッパはけっして強くはないのだけれど、「もう一番！」を繰り返す。倒されても倒されても起き上がって「もういっちょう！」。甲高い声で叫び、人間が精も根も尽きはてたところで〝尻こ玉〟を抜いて食べるといいます。なんとおそろしい。

そう、とうさんは尻こ玉を抜かれたのです。

とほほの気持ちになるのはこういうときです。日ごろは会社通い、ただデスクに向かい、原稿書き、原稿読み。お昼ごはん食べて、編集部員たちと軽口をたたきあう。

まあ平穏に暮らしているのです。彼ら彼女らと相撲をとることもない（ちょっとやってみたいけれど)。そんなにエネルギーは必要ない生活なのです。

相撲の翌日は鬼ごっことなりました。

鬼役の娘が十数えたあと、ダッシュしてきます。細っこくて頼りない走りだなあ。娘、おそい！　ほいほいと逃げる父、追う娘……木の幹と幹の間を抜け……とうさんはね、こう見えても学生時代はバドミントン部で抜群のフットワークを誇っていたのだ。県ではベスト4になったこともあってだな、こういう軽やかなフットステップで、蝶のように舞って……「たーっち！」。ありゃりゃ。油断したか？

今度はぼくが鬼に。こら待て、きゃあ！　笑いつつ逃げる十歳。追う五十九歳。ぜいはあ……あれれ？　いっこうに追いつかないなあ。敵はすばしっこいぞ。描いていたイメージと違うなあ。ぜいぜい。立ち止まり、息を整えます。ぼくのヒーロー、ウルトラマンは三分は保ちましたが、ぼくは二分でピコピコが点滅かあ。そんなはずは……。

あれでしょうか。大好きだった映画『小さな恋のメロディ』のラスト、子どもたちを追いかける先生の姿。どかどかのろのろとみっともないことこの上ないあれ！　おお、いつのまにぼくはあっち側に回ってしまっていたのでしょうか。

「わはは」と、観覧していた妻が笑いました。「おとうさん、おそい。スローモーションで見てるみたい」。

この言葉はこたえました。

このままではあかん

体力が落ちている！　筋力も持久力も、明確に。考えてみれば日常でダッシュすることはありません。誰も追いかけてこないし。追ってくるのは〆切くらい（それから逃げるのは大得意なのですが）。誰かと鬼ごっこをすることはない。だから息が切れることはない。つまりまあまあやり過ごして生きてこられたわけです。

しかし、ついにこの旅で、ごまかしがきかなくなった。自分だましも限界だ、このままではあかん、と父は叫ぶ。

ということで、冒頭のテーマに戻るわけです。日々やっていること、日常のローテーションを見直して、遅ればせながらの自分のメンテナンス開始です。本当にいまごろ！

振り返れば、大学で東京に来て、成人となり、そのへんから体にいいことなんてなにひとつやってなかったなあ。運動不足、偏食暴食、深酒、タバコ、徹夜仕事、バブル期のめちゃめちゃ……それでもやってこられたのは若かったから。いや、たまたま運がよかったからでしょう。いやいや、内臓方面、血液検査には既にきっちり自業自得が出始めているようです。コレステロール値、血糖値、尿酸値、中性脂肪値……ウルトラマンの胸のピコピコの信号点滅はとうに始まっています。

暮らしの考え直し、立て直しです。

知り合いの勧めで通い始めた月イチのクリニック。ここでは血液検査をもとに定期的に食事のアドバイスや、ぼく向きのサプリメントの処方などをしてもらったり、高濃度ビタミンCの点滴なんかをやっています。

先日は「遅発型フードアレルギー」の検査をしてもらいました。これは即時型、すぐに出るアレルギーではなく、時間をおいて知らず知らずのうちに体の不調の原因となっている食材がないかどうかを血液で調べるというものです。自分に不向きの食材が約百種類のなかからわかる。

ぼくの場合、結果は極端ではないものの「小麦」（麦類）に注意だそうです。ワイン好きのぼくは「ブドウだったらどうしよう？」とドキドキしていましたが、ブドウは大丈夫でした。ほっとしたのもつかのま、よく考えてみれば「麦」ってビールではありませんか！　パンであり、パスタであり、うどん、そば、ラーメン、揚げ物の衣じゃないですか！

「いや、摂りすぎなければいいんですよ。意識しているかいないかが、まずは重要なんです」という院長のアドバイスにほっとする。クリニックにいるときのぼくはいつも一喜一憂しています。グルテンフリーを実践したテニスのジョコビッチって、本当にエラいなあ（彼の実家はピザ屋さんとのことです）。

そこの院長が書かれた本に「年齢は言い訳にならない。『もう○○歳だから』という考え方は、何よりも行動を制限します」とありました。俗説に惑わされるなと。

「年をとることは健康状態が損なわれること」「高齢者は新しいことを学べない」「いまさら何をやっても無駄である」。これらはすべて俗説。つまり「健康的な生活を始めるのに遅すぎることはない」（澤登雅一著『人より20歳若く見えて、20年長く生きる！』ディスカヴァー・トゥエンティワンより）。福音のように聞こえます。

運動も開始。意志の弱いぼくは、トレーナーと日時を約束し、逃げられなくして通うことに。過去いろんなジムにただ会費だけを払い続けた苦い経験があるのです。入会しただけでは、人は健康にはなれない。『ターザン』を買っただけでは。『ターザン』を編集しただけでは。

「パーソナル」なので、一対一です。若いコーチに毎度「硬い！」と驚かれつつ、ストレッチやスクワット、マシンを使って、なんだかリハビリっぽいトレーニングを展開しています。ちなみにぼくのコーチのひとりはジャニおた（ジャニーズおたく）の若い女子で、しゃべっていると最新の芸能知識が身につきます。

不思議ですね。こういうメンテナンスを強めに意識してやっていると、生活が規則的になり、飲酒も減った。なんだか体重も減ってきましたよ。

さらにはありゃりゃなのですが、毎朝お弁当もつくるようになりました。妻がきれいな竹製の二段の弁当箱をプレゼントしてくれました。自分でも秋田の曲げわっぱのを購入。どんなときでも道具から入るぼく。

改めて『暮しの手帖のおべんとうのおかず196』なんて自分たちが編集した本を取りだして「役に立つなあ、よくできてるなあ」と感心したり。レシピ検証済みというのは信用できるなあ、とこれもいまさら。

間違っても、「もう六十歳だから」は口にしないのだ。『暮しの手帖』のせいで、とかも（できるだけね）。

次は夏休みだな。待っとけよ、子どもらよ。父は、めらめらと闘志を燃やす。「もういっちょう！」はこっちのセリフだ（白鵬か）。

ぐるぐるぴー

「いびき、ぐうぐう、うるさかった」。朝、娘十一歳が眉をひそめて言いました。

え、そうなのか！

「眠れなかったよー」

妻も「そうだよ、その通りだよ」と普通に証言するので、確かなようであります。

いやいや、君ら、けっこう眠っていたよ。とうさんは眠りが浅いからときどき起きてるんだけど、どの段階でもぐっすり寝てた。それに君たちだってけっこうにぎやかなのだ。歯ぎしりもすれば、寝言なんてしょっちゅうだし。

こないだは息子五歳が突然大声で「えー、それだったら女の子みたいじゃん！」って、姉のおさがりばかり着せられている弟ならではの寝言です。あるいは、がばっと跳ね起きて、しばらくきょろきょろ。そして「なんだ夢か……」ってつぶやいて、また寝始めたり。ともかくベッドから落ちたり鼻血流したり、君ら大騒ぎなんだぞ。なんて言い返してみても多勢に無勢。父は夜間やかましい。それは定説らしい。

「しかも、ときどき喉をごろごろ言わせてるんだよ」

「猫か」

「そんなかわいいもんちゃうわ」と、即座に。最近のわが娘はツッコミタイプです。

ごろごろには自覚があって、なんか寝返りをうつときとかに出ちゃうんですよね。喉のごろごろといえば、思い出します。ぼくが小さかったころ、母が夜なべ仕事に追われ、祖母とよく寝ていました。冬は掻巻（かいまき）という、袖のついた布団をかぶせてもらい、足元は豆炭の行火（あんか）です（石綿なんて使っていて大丈夫だったのかなあ?）。夏は濃い緑色の麻の蚊帳（かや）をつった中で、祖母はぼくが寝入るまで、うちわであおいでくれていましたっけ。思えばとても大事にされていた。祖母のうちわの動きが止まると、「まだ起きてるで」なんて、憎らしい孫でした。ごめんなさい。でもサワダ少年はなかなか寝つけない、目のかたいタイプだったのです。ああいまもそうだな。

そんな祖母は寝入ったあとに、ときおり喉を「ごろ」っと言わせました。そのころ

ぼくは母から「人が死ぬときはな、最期に喉がごろって鳴るねんで」と、おかしなことを教えられていたことがあって、その「ごろ」という祖母の喉の音を聞くたびにおののき、おそるおそる寝息を確かめるのでした。「……すう」「……すう」。よかった。生きてる。

そんな「ごろごろ」です。それをぼくはいま、やっているのか！

眠りを測る

春休み。久々に家族が東京に出てきているのに申し訳ない。人に迷惑をかけるのがいたく苦手なぼくとしては、太平の眠りを覚ますいびきなんて、由々しき症状、たいへんな事態なのであります。いびきは自分ではわからない。それが問題です。自分はひと晩にどれくらいいびいいて、正しく呼吸をし、あるいはせず、どれくらいきちんと眠れているんだろう？　そんなことが気になってきました。

そういえばぼくはこのところ日中とても眠いし、打ち合わせや会議中に「休憩したい」と思うことも一度や二度ではありません。それはひょっとしたら、前夜お酒を飲みすぎたからとか、編集部員たちの話が退屈だからってことだけではないかもしれない（失礼）。前述のように眠りが浅いのも、単に加齢によるものではなく、いびきなど、別に原因があるかもしれません。こわい夢をよく見るのもそれが原因かも。

スマホにはいびきを計測してくれるアプリがあるようですが、いわゆる「睡眠時無呼吸症候群」について、この際ちゃんと調べてみようと思い立ち、とある睡眠クリニックを訪ねました。

最初は「パルスオキシメーター」という測定機器を一泊で貸してもらうことに。指先を洗濯ばさみみたいなものではさんで、血中の酸素飽和度を測定するという機器です。睡眠時に十全な酸素を全身に送り届けているかどうかを測ります。しかし、これは指先がずきずきし、外れやしないかと緊張もして、神経の細いぼくは全然眠りにつけず、睡眠不足のまま朝を迎えました。睡眠時無呼吸は、睡眠しないと測定ができません。

結局は別の日、クリニックに一泊して測定することになりました。いわゆる「ポリソムノグラフィー検査」（終夜睡眠ポリグラフィー検査）です。呼吸（いびき）、脳波、心電図、血中の酸素量等々を診てもらう。全身に検査端子をつけ、コードに覆われて……と、そんな格好で眠れるわけもないので、今回は睡眠導入剤を服用。一発で眠りに落ちる。すごいなあ、眠り薬。初めてだよ。

無呼吸時間42・5秒

結果は二週間後に出ました。

【あなたの呼吸について】
息が止まった回数（無呼吸）：17回
息が止まりかけた回数（低呼吸）：97回
無呼吸のうち、最も長い無呼吸時間は、42・5秒でした。

この報告に息が詰まります。普通でも42秒息を止めるなんてできないかも。

【睡眠ステージ】
うとうと（段階N１）：１０６・５分（全体の25％）
うとうと（段階N２）：２６２分（同62％）
ぐっすり（段階N３）：０分（同０％）
夢見睡眠（段階R）：55分（同13％）
＊あなたは一晩中で２５７２回のいびきをかいていました。

ぐっすりが「0分」なんて！　睡眠剤を飲んでも「ぐっすり」ではないなんて、どういうことでしょう！

それに二五〇〇回以上もいびいていいたなんて！　そりゃあ朝、喉が痛いわけだよ。

「1時間あたりの無呼吸・低呼吸回数：16・2回」だそうで、非常なショックを受けましたが、診断によると、参考値では「軽症もしくは中等症」とのこと。医師が言うには「まだまだ重症の方はいっぱいいます」と。なんでも日本には少なくとも三百万人はいるそうで、安心！　なわけはありません。

「サワダさんが日中眠いのは、うなずけますね。完全な眠りを得られていません。いわゆる睡眠負債が蓄積している状態といえるでしょう」


焦ったぼくはさらなる対策に乗り出しました。次なる行き先は歯医者さん。「睡眠時無呼吸用マウスピース」を作ってもらう。歯型をとり、待つこと一カ月。レジンという素材でマウスピースをこしらえてもらいました。原理としてはシンプルで、睡眠時、下あごを少し前にずらすことによって、気道の通りをよくするというものです。

「これは慣れです。練習しましょう」

最初上の歯に、続いて下の歯にパコッとはめ込みます。ふがふが。もう何もしゃべれません。気持ち悪いなあ。練習はこれを繰り返す。

「慣れです」。歯医者さんはもう一度言いました。

というわけで、夜にはおっかなびっくり装着して眠っています。入れ歯みたいだなあ、とちょっと思ったけれど、入れ歯は夜には外すので全く逆です。毎晩装着するうちに、確かに慣れてきました。気のせいかよく眠れているようだぞ！

そしてまた家族が泊まりに来た週末。

「もう大丈夫だ」と、とうさんは家族に言い放ち、新兵器をパコッとはめ込む。気持ちはウルトラセブンがウルトラアイを装着しているイメージですが、家族にはやっぱり入れ歯に見えているかもしれません。

「ふぁあ、れおう（さあ、ねよう）」

みんなで就寝、そして爽快な朝を迎えます。マウスピースを外し、「おはよう」と言うと、娘がこう言いました。

「おとうさん、ずーっと、ぐるぐるぴーって、うるさかったよー」

父は新しい音を出しているもようです。

人生ゲーム

ある夕方、夏休みで上京中の娘が、北新宿の編集部にやってきました。幼稚園のときの友だち、NちゃんYちゃんと。

小学五年生が三人そろって「おじゃまします」。ついこないだ滑り台できゃあきゃあ騒いでいた幼児たちがいつのまにか、きちんとお辞儀できるほどに大きくなっていました。「です・ます」「はい・いいえ」でしゃべれています！

この空間に小学生が現れるのは珍しいので、編集部員のみんなは仕事の手を止め、観察すべく集まりました。身内が会社に来るの、やっぱりどきどきするなあ。こちらが上がります。永遠に慣れることはない。

「おとうさんに似てきたね」とデザイナーの林さんに言われたわが娘は、ふっと苦笑いを浮かべる。なぜだ。

来訪の理由は、父が東京の会社で真面目に仕事しているかどうか確かめに、というわけではありません。『人生ゲーム』が編集部にあると聞き、鼻息荒く借りに来たのです。そう、数号前の「買物案内」の試用で購入したものです。あんな盛りあがったテストも珍しかったなあ。

娘たちは、今夜はわが家でお泊まり会とか。いいなあ、本物の夏休み。幼なじみと人生ゲームなんて、最高ではないですか。ぼくも熱狂したものです。やっぱり小学生だったから一九六〇年代、もう五十年以上前だ。このボードゲームの魅力は、子どもなのにお金のやりとりを堂々とできるというところにあります。要は双六ですが、サイコロではなく、ルーレットで進行するという点もしゃれていて、カリカリ回る音がなんとも心地よく、大人っぽいのです。ドル建てですし。

それ以前には『バンカース』というゲーム、何周も回る式の双六もあり、そちらもドルでしたが、「明治通り」「寺町通り」、「大手町」や「栄町」に土地を買い家を建てるといったもので、「祭礼」とか「築港」とか、かなり日本ぽかった。なつかしいね。『人生ゲーム』のコマは、カラフルなオープンカーで、隣には（めぐり会えれば）

パートナーを乗せる座席があった。結婚や出産もありました。もとは米国のゲームだから、当然アメリカ文化のリアルな香りが漂い、思いっきりUSAというものを呼吸した記憶があります。ぼくはアメリカというものを、この『人生ゲーム』や、アニメの『ポパイ』『奥さまは魔女』『ピーナッツ』から学んだと思います。

明るくて、とても派手で、坂道も橋もあり、ゴールもちゃんとありました。初代ゲームは、あがりが《億万長者》、失敗したら《貧乏農場》という、当時の子ども心にもなんともひどい命名でした。いまは？　とのぞいてみたら《開拓地》となっています。やっぱりギャンブル性の高い、ばりばりの資本主義。馬や牧場、株を買い、保険に入る。遺産を受け継ぎ、著書がベストセラーに（うらやましい）。石油を掘り当て、鉱山発見、カジノで儲けてと、いけいけです。ボーナスもらって、助手席にはワイフを乗せて、キャンプにディナーにゴルフだって！

現代の豊かな子どもたちは、どんなふうにこのゲームに触れるのかなあ？　なんて思いつつ、最新ゲームの箱を娘に手渡しました。

友だちのYちゃんを見ると、編集部の上野さんと何か話し込んでいます。

「私の夢はですね、四国の山中に土地を買って、家を建てて絵本を描くことなんです」なんて。まさに『人生ゲーム』のプレイヤーのような人生設計。素敵です。編集部にわが子がいるのはどうにも落ち着かないのと、ろくでもない話をし始めかねないので、早々に帰しましたが、ぼく自身もそのあとはなんだか気もそぞろ、結局さくさくっと仕事を切り上げて、家に戻りました（会社から徒歩五分なのです）。

弟、スネる

ただいまー……おおやってるやってる……。

「給料日だよ、2万ドルちょうだい」「オーライ」「イエー」

景気いい声が飛び交ってます。

「火星に移住する」「カジノでつきまくる。8万ドルもらう。やったー」

時は経っても、気分はアメリカン。資本主義感はそのままのようです。

「婚約指輪を買う。給料の2倍払う……やだあ、あたしまだ結婚しないよー」

あははは……お嬢さんたちの笑い声が響きわたるその脇には、おやおや、男の子がひっくり返って、天井をにらんでいます。

そうか、もうひとりいました。四歳の息子です。

なるほど、お姉ちゃんたちのゲームに混ぜてもらえないんだね。見ると目が真っ赤で、鼻水の乾いたあともあり、既にかなり泣いたもようです。かわいそう。でもね、君にはそれ、まださすがに無理だなあ。子どもの六歳差は非常に大きい。姉たちの楽しげな輪に自分も入りたいのだけれど、どうしても邪険にされます。

聞けば母親に「入れてあげてねえ」と頼んではもらったようですが、「盤上をぐちゃぐちゃにする」ということですぐに隔離されました。ちび少年の目にはまだコマの自動車がレースカーにしか見えないらしく、ルーレットの数と関係なく、ぶいーんと乱暴にぶっとばして進んじゃうのだそうです。アニメ『カーズ』のライトニング・マックィーンが好きなんだもんねえ。

ああ、スネる気持ち、わかるなあ！　ぼくも弟だったから。

七歳上の兄がいて、いつもどんなときにもお邪魔虫、おみそでした。今日は兄の友

だちがトランプをしに集まる、なんて聞いたときには午後から誰よりそわそわ待って、座布団とか用意して、彼らが到着したときには「もう！　おそいやんか！」と迎えに出るものの、結局遊び部屋には入れてもらえない、入ってもすぐに追い出される、泣く……そんな立場でした。

「まぜたげてねえ」と母親が言ってくれるのも、同じだね。兄たちにしぶしぶ開けて入れてもらっても、七並べの真ん中で暴れて、また数分で外に出されるはめに。引き戸を開けようとしても、向こうからは竹竿で無情の突っ張りが。また「びえー」という結末に。泣くな息子よ、「弟」とはそういうものなのだよ。

「あとで、もっと簡単なゲーム、一緒にやろうね」と、姉の優しい友だちは声をかけてくれるけれど、その優しさもまた酷である。息子は再び少し泣いて、今度はぷいっと壁を向き、さらにスネ度を高めました。

生まれてからずっと、絶対に勝てない歳上の姉や兄が君臨しているって、やっぱり性格形成に大きな影響を与えるものでありましょう。ぼくはこの遅れてやってきた息子を見ていると、何かにつけ、かつての自分のことを思い起こすのです。いつも「二番手」という存在だった自分を。たとえば父が仕事から帰宅してきたときの最初のセリフは必ず「ヒロアキは？」と長男の動向を気にしたものであったこと。次男のぼくは家族の主要人物では決してなく、文字通りのセカンド。つまらないと同時に、期待されない分、日々楽といえば楽で、いつしかとても客観的な、譲る子、醒めた性格に育っていった、そんな気がします。

それがのちの雑誌編集の仕事に向いていた……かどうかはわかりませんが。

弟、逃げる

人って、親より、兄弟姉妹の影響がすごく大きいと思うのです。ぼくは姓名、血液型や星座などの相性判断なんて全く信じない者だけれど、その人物が兄か姉か妹か弟か、一人っ子か何番目か、男兄弟だけか女姉妹だけか、はたまた双子か等々は、とても大きな要素だと考えます。

妻も同意見で、姉に命じられておもちゃを運び、機嫌をとろうとしている弟の姿を見て、「この子、将来絶対おくさんの尻に敷かれるだろうなあ」と予言する。

そういう妻は長女で、三つ下の妹がひとり。よく遊んでいたイトコがなんと十二人もいて、そのなかで一番歳上だったわけで、だからでしょうか、なんだかとっても仕切って、ちゃんちゃんと場をリードしていくタイプです。「行くよ」と言われてあわてついていく子どもたちは子分のよう。ああ、ともすればぼくもそうだ。娘が弟にあれこれ説教したりしている姿を見ていると、妻に似てるなあ、とつくづく思う。

姉は姉で、どう見ても下品でおろかと言うしかない弟の数々の言動に触れつづけ、「男子」というものに多くを期待しない育ち方をしているように思いますし、弟もまた「女子」のリアルを叩き込まれているはずです。それはぼくの育ち——女姉妹というものがおらず、ずっと「女子」なるものに憧れを抱いてきた人生とは、まるで違うことでしょう。

ちなみに弟は、常に姉にイバられている分、自分より目下（めした）、たとえば犬のイチローとかには「おい」とか言って、エラそうなのが可笑しい。

先日は、遊びに来たイトコと家の周りを散歩中、近所のノラ猫を見つけて、「こらあ、おまえ！　なんでそこにいる⁉」って、怒鳴ったそうです。イトコの前でいい顔をしたかったのでしょうか。猫の側は「そんなこと言われても……」ですよね。

さらには、庭の木のセミの幼虫に、「おいこらあ、そこで何をしているんだあ！」って浴びせたとか。「脱皮ですがな」とセミは答えたことでしょう。

そもそもノラ猫さんやセミさんの方が、四歳児より年齢的には先輩だと思うのですが。

ゲームの話でした。

子どものゲームには、「スムーズに進まない」ということがつきものです。

兄や姉は、幼い弟や妹がいる限り、決して満足なプレイは楽しめません。弟や妹がちゃんとできるようになったときには、自分がもうゲーム自体を楽しめる年齢ではなくなってしまっていたりして……ゲームとはそういうはかなくせつないもの。だからいまが旬、いちばん面白い遊びどきだ。困難を乗り越え、遊べ、子どもら。

さて、姉たちが三度目の戦いを始めたころです。それまで転がっていた弟が突然むくりと起き上がり、ゲーム盤に突進しました。そのままこども銀行の金庫の箱から、札束をひっつかんで隣の部屋に走って逃げた。銀行強盗襲来だ。

こらあ！　おねえちゃんたちが即座に追いかけ、弟を捕まえる。簡単に捕まる。三人がかりで押さえつけ、こちょこちょして、弟の握りこぶしをむりやり開くと、そこに握られていたのは赤い紙幣……よく見たらそれは「約束手形」だったのです。

「それならいっか」ということで、強盗はすぐに釈放されましたとさ。

III　ふるさとどんどんちかくなる

こわい夢

目の前のテスト用紙に「はっ」とします。

いつのまに配られていたのか?

まだ全然手がつけられていない真っ白の状態!

ぼくはなにをぼんやりしていたんだろう? 数字や○△□が並んで……算数のテストだ。周りの級友はみんなさらさらと書き込んでいて、あせります。黒板の上の時計を見るともう時間ぎりぎり。一問でも解かなければ。その前に名前を書かねば。そう、テストは「最初に名前を」。でないと0点だからね。

鉛筆を取り出すと芯の先がぽろりと折れます。わっ。別の鉛筆の芯もぽきり。わっわっ。また別の芯もぼきっ……うわあっ!

そんな悪夢を、ぼくはいまでも見るのです。

目覚めれば汗びっしょり。心臓ばくばく。

試験の夢です。小学校、中学校、ときには高校だったり。それぞれの校舎も教室も、教壇や机のようすも、かなり正確に反映されています。きちっと木造で。

でもねえ、仮に中三だとしても、もう四十五年前ですよ！

そういう夢見ることない？

「ある、ある」と、母が電話の向こうで答えました。彼女の場合は女学校の教室だそうで、刻一刻と提出時間が近づくのに、いっこうにはかどらない書き込み作業。

「このままでは悪い成績になって就職でけへん、ってあせるんや。ゆうべも見たで」

母の話はそこから長くなり、ほかにも電車に間に合わない夢、行列がやたら長い夢、お金が足りない夢……と、「悪夢ばっかりやねん」。

母は米寿の八十八歳。女学校時代は十代半ばですから、もう七十数年前のテストの緊張をいまだに引きずっているわけです。心配性で、なにごとも凶事のほうにまず意識を向けていたから、夢もまたそうなるのでしょう。ぼくもそうだ。同じような悪夢を見ているなあ。こんなところが似てしまった、トホホの母子(おやこ)です。

妻に訊く

テストの夢、見ない？　と妻にも訊く。

「ぜんぜん見ない」と即座の返答。えっ！　と驚くと、「そんな夢をいまも見ていることに逆に驚く」と彼女。

ぼくは――自慢でもなんでもなく報告しますが――勉強に対しては真面目だったと思います。宿題、復習予習、試験勉強。けっして好きなわけじゃなかったし、遊びたいし、テレビももっと、ドリフもひょうたん島もキイハンターも見たかったけれど、勉強はちゃんとやるもの、義務だと思っていました。

委員長だったしなあ。試験は百点を、成績表は5を目指すもの。母のせいか、教師のせいか、ぼくが素直で迎合的だったせいでしょうか。いずれにしてもそう思い込まされていたんだなあ。だからプレッシャーは小さくなかった。テストを迎えるたびにどきどきしていました。その名残が記憶として現在も脳内に巣くい、夜な夜な鎌首をもたげてくるというわけです。

一方の妻はというと、勉強は「あまりしなかった」。夏休みの宿題は「八月末にあせってやった」「間に合わないこともあったよ」「妹なんて夏休みのドリル、全部なくしたことがあった」と語り、「もっと言うと、妹は学校にランドセル忘れてきたこともあった」とつけ加えました。妻の妹は豪傑だなあ。

試験結果は?

「まあまあそこそこ」

そこそこってなんだ。じゃ成績は?

「よくはなかったかなあ……忘れた」

忘れたって!

ああつまりそんな人は、悪夢は見ないわけです。

のちに「宿題に追われる夢」を見るほど、真剣に取り組んではいなかった、宿題がさほどの重圧ではなかったということ。そういえば日々なんだかすやすや気持ちよさげに寝ているなあ。こないだはニマッとして「もうええわ……」なんて、むにゃむにゃ寝言を言ってた。おなかがいっぱいで、ごちそうをことわる夢でしょうか。

こわい夢は？

「見ない。爆睡しているから」

心からそういう睡眠がうらやましい、と言うと、「上から目線だ。ばかにしてるでしょ」とにらむ。いやいやとんでもない！　睡眠に費やす時間は一日の約三分の一。睡眠が快適なら人生の三分の一を成功したと言えるわけだからね。

なんだか理不尽です。勉強をがんばった（立派な）ぼくの方が、のちのち夢にうなされるなんて。

ぼくの妻は、試験前にも母親にキャンプや遊びに誘われていたそうで、「まあええやん」と。困ったなあと思いつつ、毎週末パッキングをしていたそうです（彼女が荷造り名人なのはそのおかげでしょう）。

通信簿を見て、注意されなかったの？　と訊くと、

「中学に入ったときに『いまは通信簿ないねんで』ってウソを言ったら、『そうなんか』って、まるっと信じた」

それ以来見せなかったそうです。そんな生き方があったのか！　ぼくは通信簿っ

て、親と見て一喜一憂するものだと信じていました。

次々と目からウロコです。人それぞれだなあ。

編集部員に訊く

編集部でも訊いてみました。テストの夢見ることある?

「あります」と村上さん。「明日テストなのに、なにも準備できてないって夢」。同じ試験のプレッシャーでも、こちらは前日版ですね。

「あります」と北川さん。「あれれ、まだ時間がある。答えを書き直せるぞって」。どこまでもポジティブな副編集長です。

平田さんは「テストに追われる夢は見ませんが、仕事に追われる夢は見ますねえ。撮影がもうすぐなのに、まだなんにも仕切れていない。どうしようどうしよう!とテンパってる夢」。それって今日の現実じゃん。「あ!」。

久我さんが横から「ぼくもそういうの見る。ぜんぜん作業がはかどらない夢」と言う。仕事の夢、ぼくは見たことないなあ……とつぶやいたら、みんなが「ちょっとは見てください！」となじりました。

　ちなみに長谷川さんのよく見るこわい夢は、「大きなタイヤに押しつぶされそうになる夢」。わあ、『車輪の下』だ。

　井田さんのは「人が大勢いる中でおなかが鳴る夢」だそうです。人それぞれ。

　ぼくの娘にも電話で尋ねてみたら、「テスト？　ぜんぜん見ないよ」という即座のあっさり返答。妻と同じ反応は、さすが母娘（おやこ）であります。

　妻もまた、週末ごとに「遊びに行こう」って子どもたちを誘ってるらしい。こないだは京丹後に行った、美山（みやま）を訪ねた、大文字山に登った、愛宕山（あたごやま）へ……と、毎週の報告を聞いています。いいなあ。こういう経験を続けた子のこわい夢は、ヘビを踏んだ、クマに出くわした、獲った魚が襲いかかってきた……なんて野趣あふれる類のものになるのでしょう。

　ぼくの、試験で苦しむ夢なんてサエないにもほどがあると思って、へこみます。

　一連の話を母に報告しました。人は必ずしもテストの夢で苦しむものではないみたいだよ。

「ソンな性分や」と母子で確認しあいます。

「貧乏性、いうんやわ。うちはもう何十年も見てるもん。テストの夢なんか確かにしょうもない。ほんまにこれは性格なんやわ。いつも未来のことを先まわりして、用心して生きてるいうことや」

そう言ったあと、母の口調が急にきりっとして、「けどな」と言う。

「けどな、うちは心配しぃで慎重やったおかげで、これまでなんの失敗もなかったんや。借金ひとつつくらずにやってこられたんやで」と胸をはる。

それを聞いた妻は、

「私だって、借金はつくってないんだけどな」

とぼそっとつぶやきました。

本棚買いました

本棚というものを買うのは久しぶりです。

単身の引越しで京都から連れてきた本を収納するためのもの。何個かの段ボール箱に入れられ、部屋の隅にほったらかしとなっていて気になっていました。でもなかなかお気に入りの棚が見つからぬまま、現在に。とある家具屋さんで先日やっと出会えたのです。デンマーク製、木のアンティーク。いえ、そんなに高価なものではありません。大人の背丈くらいの高さで四段の棚、下に引き出しが三つついています。支えの足が四本あって、ひょろい。重い本ばかりだと多少心もとない感じです。でもどこか慎ましやかで、木の肌がしっとりと美しい。北欧からわざわざ来てくれたのだね。前はどんなご主人が使っていたの？

新しい（新しくないけど）本棚に自分の蔵書を入れていく。単純にわくわくします。ちょっとしたイベントです。こういうことをしながら思い出すのは、小学校の図書委員だったころのこととか、中高校生時代、創元推理文庫にはまって本棚を買い足さねばならなかったこととか、出版社就職時の書店研修で、文庫の棚の整理を任されてきっちり仕上げ、本屋さんに「そのままこっちにいませんか?」なんて言ってもらえたこととか、そんなこんなです。どれもばら色の思い出。

あいうえお順、作家別、出版社別、サイズ別……あっちに入れたりこっちに移したり、引越しのたびごとに詰めたり出したり……本、好きだ。って、ばかみたいなつぶやきですね。

「連れてきた本」と書きました。『暮しの手帖』に、料理家・高山なおみさんの引越しを追ったルポページがありますが、あそこで彼女が神戸に連れていい、いく本を選ばれている写真、ぼくはあれだけできゅんとしてしまうのです。同時に「何を持っていくのかな?」ってことにも興味津々。

自分自身は大学進学の十八歳以降、振り返れば引越しばかりしてきた四十年です。数えてみたら十二回。年齢とともに本は増えていき、連れてくる一群の厳選度合いも高まる一方です。どんどんカタクナになって、好きな本しか連れてこない、好きなものしか身の回りに置きたくない、そんなじいさんになってまいりました。つまりこの木の本棚に並んでいる本たちは、いつもぼくのそばに存在しているわけです。古いものはそれこそ家族より長くそばに。

逆に連れてこなかった本にはちょっと後ろめたい気持ちをいだいています。大量の蔵書のほとんどは京都と、母の住む東近江の実家に置かせてもらっているのです。ごめんなさい、って本にも家族にもぺこぺこしています。

人にやさしくなれる本五冊

こないだ帰京したとき、娘が二階の本棚の前で一冊の古そうな、みかん色の本を熱心に読んでいました。

「その猫背どうにかしなよ」と注意すると、娘は顔をあげて「ニャー」と応える。題を覗くと『アレッサンドリア物語』。わあ、ぼくが少年時代に買った本だ。作者はヴィルヘルム・ハウフ。夭逝したドイツの童話作家です。いいの読んでるね。

「すごいこわいねん」

そうだろうとも。ハウフ童話は怖いのだよ。買ってきた数個のキャベツがみんな人間の頭になっちゃうんだもんね。

娘の手に乗った、このおしゃれな本。懐かしき「少年少女学研文庫」です。『カイウスはばかだ』『この湖にボート禁止』『アガトン＝サックスの大冒険』……これらの題名聞いただけでドキドキする人この指とまれ。『暮しの手帖』読者にはたくさんいらっしゃる気がします。

懐かしさにかられて同じハウフの『隊商』を引っ張りだしました。函入りというのが素敵です。「280円」か。中学一年生のころ、お年玉で大量に買ったうちの一冊です。このシリーズはとても鮮やかな装丁で、確かめてみたら、なんと堀内誠一さんでした。知らなかった。高名な絵本作家にしてエディトリアル・デザイナー。『an・an』や『POPEYE』『BRUTUS』のロゴも彼の手によるものです。後年、就職したマガジンハウスで一緒にお仕事をさせていただいたのに、この本の話を

しなかったのが悔やまれます。この学研文庫は何冊か東京のうちに来てもらおう。

ところで。たまたまですが、先日博多の本屋さんから「おすすめの本を五冊選んでほしい」という依頼をいただきました。こういったゲームごとは大好物なので、しばらく件の本棚をにらんで過ごすことに。迷った末、『暮しの手帖』らしく「人にやさしくなれる本」という柔らかなテーマにしぼり、対象も老若のお客さんを意識して選び出したのが、こんなラインアップです。それぞれに一文も添えました。

□飛ぶ教室（エーリヒ・ケストナー著、高橋健二訳、ケストナー少年文学全集4、岩波書店）

泣くとこだらけの、力強く、教えの多い感動少年小説です。いまの時代にこそ必読。

□船乗りクプクプの冒険（北杜夫著、集英社文庫）

宿題のきらいな人はこれを読んで旅に出よう！　おかしな仲間が待っているぞ。

□スローターハウス5（カート・ヴォネガット・ジュニア著、伊藤典夫訳、ハヤカワ文庫）

生きていくことがとてつもなくラクになります。

□ツナグ（辻村深月著、新潮文庫）

一度だけ死者に会えるとしたら、あなたは誰に会いたいですか？

□ペンギンきょうだい れっしゃのたび（工藤ノリコ作、ブロンズ新社）

いい人物（動物）ばかり出てくる絵本。見れば見るほど発見がある、この上なく愉しい世界。

いかがでしょうか？　それぞれのお話には「こんな人でありたい」「こんな明るい考え方で生きていたい」っていう、憧れの人や動物がいっぱい。逆に、「こんな人にはなりたくない」といった好例も出てきます。

いくつかはかなり泣かされてしまう。毎回おんなじところで泣くのです。それどころか昔は泣かなかったところにまで、泣きの触手を伸ばす。歳をとってヤキが回ったのか、いよいよ涙もろくなっているなあって気づきます。

吉野朔実さんと『飛ぶ教室』

特に、泣かせるということでは暴力的とさえいえる『飛ぶ教室』。小学校の図書室で出会ってから、いままで何回読んだことでしょう。少しこれについて話を加えさせてください。

いまや本棚で背表紙を見ただけで、いくつもの名文が浮かび上がる本。

たとえば、これなんていかがでしょう。「第二のまえがき」から。

かしこさのともなわない勇気は、不法です。勇気のともなわないかしこさは、くだらんものです！　世界史には、ばかな人々が勇ましかったり、かしこい人々が臆病だったりした時が、いくらもあります。それは正しいことではありませんでした。

勇気のある人々がかしこく、かしこい人々が勇気をもった時、はじめて人類の進歩は確かなものになりましょう。これまでたびたび人類の進歩と考えられたことは、まちがいだったのです。

一九三三年ナチス支配下で書かれた、「勇気のある」言葉です。あるいはこういう文章も。いじめられた友だちを助けなかった生徒たちに対して、先生が命じる五回の書き取り。

おこなわれたいっさいの不当なことにたいして、それをおかしたものに罪があるばかりでなく、それをとめなかったものにも罪がある。

なんという「勇気のある」言葉でしょうか。これはいまでも通用する警句です。ああ、どんどん思い出してきました。ぼくは、この児童小説をめぐって、二十年ほど前、二〇一六年四月に五十七歳の若さで亡くなった友人の漫画家、吉野朔実さんと対談をしたのでした。その本、彼女の『お父さんは時代小説（チャンバラ）が大好き』（本の雑誌社）も引っ張りだします。

澤田（ケストナーは）「諸君の少年時代を忘れないように！」って、先生に強く演説させている。

吉野　忘れないでっていうのは、思い出を大切にってことじゃなく、自分はこういう大人になりたくないとか、こういう大人であろうと思ったピュアな意識を忘れないでくださいってことでしょうね。（中略）わたしが『飛ぶ教室』のなかでいちばんひかれてる男の子ってわかる？

澤田　……？

吉野　あのね、ライバル校のリーダーのエーガーラント。仲間がインチキするなかで一人だけすごく気高い子がいるでしょ。話には一応出てくるけど、仲間ではないし、助けてくれる友達も先生もいない。彼のことをわかる人は周りにいない。切ないなあ。孤高の魂って感じで、そこが泣ける。

ここに目を向けるのが、孤高の漫画家の彼女らしい、とぼくは納得したものです。それでこそ、傑作『少年は荒野をめざす』の作者です。

本棚をじっと見ていると、こんなふうな、いろんな言葉や思い出が旋回し始めるのです。ぼくの長いんだか短いんだかの、ちっぽけな人生のなかから溢れ、沁みだしてくる記憶。

みなさんはどんな本をおともに連れてきていらっしゃるのでしょう？

きっと誰の本棚にも自分だけの様々な種類の「ベスト5」が詰まっているんだろうなあと想像します。みなさんの大事なそれを聞いてみたいと思います。

おかあちゃん

「もしもし、おかあちゃんや」

というのが、実家の母からのいつもの第一声です。

五十八歳の息子に自分のことを「おかあちゃん」と言うのはどんなもんかと思うのですが、八十七歳の人がいまさら直すわけがない。どこでも「おかあちゃんは」ときっぱり言う。六十五歳の兄もふくめて息子たちのことを「あの子は」「この子が」と言うのも違和感があります。

けれどその地元の兄も兄で、普通に「おかあちゃん」と呼んでいて、不思議です。

「おかあちゃん、漬けもン出して」

「おかあちゃん、買いもン行こか」

とかいまだに言っているのです。

「おかあちゃん」というのは実に関西的な物言い。特に母親と息子の関係が、「かあちゃん」や「おふくろ」の呼称に比べて、もっとぐっと近い、べたっとした甘えの感覚があります。癒着、共依存って雰囲気さえあるかな。

「おかあちゃん、アイス買うてぇな」

「おかあちゃん、明日弁当いるねン」

「おかあちゃん、ここに保証人のハンコを」

記憶のある限り、兄はこうです。

ぼくはずっとこんな光景をいぶかしげに見ていたかわいげのない次男だったと思います。ぼくは母を「おかあさん」と普通に呼ぶ、ある種つまらない人間です。

さて「おかあちゃん」は、滋賀県の東近江市の田舎町に住んでいます。

築百年以上は経つ家と、それを取り巻く田舎ならではの広い敷地に、養子に来た夫（ぼくの父）を早く亡くし、二人の息子を外に出したあと、一人で暮らしています。

前栽（せんざい）の背の高いモチノキや百日紅（さるすべり）、裏庭の紅梅の古木や柿の木たちに囲まれて。

元気は元気なものの、昨年腰椎を痛めて入院、その後活発な活動ができなくなり、少しだけ弱気になりました。市の要支援認定を受けましたが、でもいまはまだヘルパーさんの訪問を拒んでいます。お風呂の掃除や畳のぞうきんがけとか、ちょっとずつでもお願いすればよいのに、と離れたところから息子は心配しておりますが、まだがんばると言っている。

ごはんも甘いものも好きでけっこう太っていますが、本人が言うには「全然食べてへんのに太る」とのこと。「年とると体が縮んでそのぶん太ったように見えるんや」と真顔で主張しています。ぼくが「まわりにそんなお年寄りはいない」と指摘すると、黙り込みます。

だまされたらあかん

頭は十分明晰で記憶力はよい。先日は認知症（何回聞いてもこの呼称は国語的にヘンだと思います）のテストで、「満点、合格やったわ」と自慢しました。

「100から7ずつ引くの、あんたできるか？　言うてみ」

やってみたらアワアワして、50いくつかでぼくは失敗しました。

ものすごくおしゃべりで、日々の電話でも九割五分、母がしゃべっています。近所の誰それさんからタケノコもろたとか、なんとかさんがこけはってとか、昨日も一昨日も聞いた話を何回でもしゃべっているのでこちらは携帯電話をスピーカーにして脇に置き「ふんふん」と適当に相づちを打ったりすることも。すると「……聞いてへんやろ！」なんてけっこう勘もよい。あなどってはいけません。

もっとあなどれない電話もあって、高市早苗総務相（当時）の《憲法改正に反対した場合テレビの電波停止がありうる》という例の発言について。これにはかなり危機感を覚えたらしく、「なんであんたたちマスコミはもっと抗議せえへんの」と言いました。

「ほっといたら危ないで！　おかあちゃんみたいなアホな年寄りでもわかるくらいの危ない話や」

彼女は一九四五年六月、十六の歳にそれまで両親と住んでいた広島市内中心部の呉服屋〈澤田商店〉から元々の実家があった滋賀県に疎開しました。その二カ月後に原爆が落とされ、自身は無事だったものの、一瞬にしてなじみの町まるごと、友だちや知り合いの大半を失ってしまったという経験の持ち主です。これらの話は別の機会にまたゆっくり書きたいのですが、ともかく彼女は戦争体験を通して国のやることを疑う人となりました。「国家は国民をだますものだ」という真実が肌感覚ですり込まれた人間です。

「だまされたらあかん」

おかあちゃんはこういう話になるときだけは、とても真面目な低い声になります。腰がどんなに悪くても選挙には行く。行ってはだいたい結果に落胆しているみたいですが。彼女に言わせると「なんで選挙に行かない人がこんなにいるのかようわからん」そう。「おかしな政治家に任せといたら、戦争になる。ひどい目に遭うで」。

ところで、今回東京に出戻る前の五年間、ぼくは滋賀県の隣、京都に住んでいたので、頻繁に実家を訪ねることができていました。

子どもたちを連れていくと、母はぱあっと三倍明るい顔になり、絵を描いたりボールを投げたり、ちらし寿司やコロッケをつくったり、歌をうたったり……孫パワーってすごいなあ。童謡「浦島太郎」を五番まで完璧にうたう人をぼくは初めて見ました。ただ、ゆっくりじっくりとしたうたい方は、どこか『2001年宇宙の旅』でおかしくなってゆくコンピュータみたいだなあ、とこっそり意地悪く思うことも。

社交的で世話焼きな性格なので、家は必然的にご近所さんや親戚・知り合いが大勢集まり、賑やかになる傾向にあります。おんなじ話を何回しゃべっても、相手もだいたいそうなのでなんの問題もないもようです。とにもかくにもありがたい話です。

東京暮らしの始まったぼくはほとんど母に会えなくなって、心配していたのですが、ときおり妻が京都から子どもを連れ、東近江に泊まりがけで訪ねることも。夫がいないのに実家に行ってくれるのは、正直ありがたい限りです。妻の母も個人的に足しげく通い、こないだは畑を耕してジャガイモを植えてくれました。

あと驚いたのは、ぼくの友人K君が、先日いきなり訪ねてきてくれたとのこと。K君は琵琶湖畔の広大な干拓地に暮らす、ぼくの中学校時代の旧い友人です。東京に出てくる前、三十数年ぶりに彼と再会、駅前の飲み屋で旧交を温めたのです。

「けっきょくヤスー（ぼくのことです）は中三のとき、誰がいちばん好きやったん？」「〇〇さん」「えっ！」

なんて話をしたのでした。ぼくが母を離れてまた遠くに行ってしまうことを聞いたK君は、自分ちの畑で穫れたネギやキャベツやアスパラなんかをどっさり携えて、ピンポーンと母の家に現れたといいます。そして二時間くらいじっくり話し相手になってくれたそう。なんでしょう、この優しさ！

「ほういうわけで、うれしかったんやわ」と母は喜びの報告をしてきました。

「あんた、そんなことできるか？　友だちの母親の相手みたいなしんきくさいこと。八十いくつのおんなじことばっかり言うてるおバアの相手やで」（↑自分でわかっているのです！）。「あんたは冷たいから無理やろなあ」って、ずいぶんな言いぐさですが、確かにそれはハードルが高そうだ。

「ヤスヒコはつくづく幸せな子で うれしいわ」と母はつけ加えました。

ん？　ぼくが幸せな子？　自分が野菜をもらったわけではないので、一瞬意味がわからなかったけど、なるほどそうか。母がうれしかったのは、他人が自分に優しくしてくれたということもさることながら、自分の息子に、その母親にまで親切にしてくれる優しい家族や友だちがいることがうれしい、そういう気持ちなのでしょうね。

こういうのが「おかあちゃん」なんだろうなあ、って思いました。

この世界の片隅に

「あんたらにはぜったいわからへん」と母は繰りごとのように言うのです。「若い子らにはぜったい、わからへん。ほんまの怖さも、つらさもぜったいにわからへん」。先の戦争の話です。

「いまの子らは幸せモンや」。そうしめます。おはらいみたいに。

一九二九年生まれの八十七歳。先にも書きましたが、母は青春を広島で迎えました。原爆が投下される二カ月前に、一家三人は実家のある滋賀県への疎開を決意。空襲も増え、防火のため家を解体する建物疎開も近所までせまり、呉服の商売などできなくなったなか、母の母（ぼくの祖母）が夫の豊吉（とよきち）（祖父）を説きふせたそうです。意固地でカッコつけの夫を納得させるのに難儀したとのこと。祖父はいわゆる近江商人でした。広島を離れることはすなわち築いてきたすべてのもの、財産も地位もプライドも失うことを意味しました。

祖母の奔走でなんとか勝ち獲った疎開に際しては「一人三つまで」という荷の運送が許され、そのとき衣類や生活必需品をたっぷり詰めて運んだタンス二つは、まだぼくの実家に現役でいます。のちに子どものぼくが貼る『鉄腕アトム』の金輪際（こんりんざい）剥がれないシールつきで。

引き揚げ時、ヘソを曲げた豊吉は引越しの手伝いなど一切せず、すべて母娘（おやこ）でやることに。汽車に乗るときには祖母は大荷物、腹にお米を巻いて隠し、当時十六歳の母は背中に重いリュック、前には大きなラジオを抱えていたというのに、豊吉はというとそれを横目に「隠匿物資の日本酒を三本だけ運んだ」そうです。さぞかし虎の子のお酒だったんだろうなあと、祖父に似ているかもしれない性格、お酒好きのぼくはちょっと笑ってしまうのですが、もちろん母娘にすれば笑い話ではありません。

二カ月後に「新型爆弾」が落ちた。その現場に即刻戻り後日すぐ死んだ豊吉さんのことを、祖母は後年孫のぼくにまで語りました。いろいろと寂しがりながらも、「あのお酒には腹が立った」。いつも穏やかだった祖母が毒づいた数少ない瞬間です。

じょじょにじょじょに

祖母は九十三歳まで生きました。豊吉は享年五十五。広島撤収を進めた祖母と、すぐに戻ってしまった祖父。ヒトの運命、能力について大いに考えさせられます。

ただ、のちに祖母がしょっちゅう口にしたのは、「あのまま原爆で死んだほうがどんだけ楽やったやろか」というセリフです。

それくらい生き残りの日々はつらかったのでしょう。確かに「ぜったいわからへん」。ぼくらは生まれてずっと「戦争を知らない子供たち」「幸せモン」なのですから。

けれどこのところ、不肖の息子は母の話をよく聞くようになりました。それはぼくがやっと大人になり人づきあいの作法を身につけ、急に敬老の精神に目覚めた……ということもありましょうが、きっといま聞いておかないと得られない、失ってしまう大切なことがあるという予感、焦りに端を発している気がします。

ぼくに二人の子どもができたということも大きいかもしれません。

社会がいよいよ翳りを帯びてきた、そういう気配に圧されてということかも。

先日母との長電話では、こんな言葉を聞きました。

「戦争はすぐに始まるもんやない。普通に暮らしていたつもりが、じょじょにいつのまにかみんなが洗脳されていくんや。じょじょにじょじょに、気づかんうちにおかしなことが普通のことになる。〝お国のために〟があたりまえになって、みんなが見張りあって、じょじょに逃げられへんようになってしまう。じょじょに男がいなくなって、身近な人が死んでゆく……」

じょじょにじょじょにじょじょに、という語り口がまるで怪談のよう。そして、その怪談は「本当にあった怖い話」そのものなのでした。

疎開するとき、母が乗った山陽線の汽車の窓は板が張られて外が見えなかった。間諜に注意して、とのことらしいけれど、「あほや。こんな状況で、どんなスパイがいるの？」と娘心にも思ったと言います。

停車した神戸の駅、板の隙間から見えたのは、街がごおごお炎上するさま。いまも目に焼きついているそうです。

燃えさかる火を見た目。降りそそぎ炸裂する砲弾の音を聴いた耳。熱い風が触れた皮膚。それを持った者とそうでない者とでは、人生観、生き方そのものが決定的に違うでしょう。

命を吹き込む

そんなことを書きだしたのも、実は先日、とあるアニメーション映画に出会ったからです。その傑作のご紹介をしたいと思います。

題名は『この世界の片隅に』。原作は、『夕凪の街　桜の国』で原爆投下後の広島を描いた、こうの史代（ふみよ）さん。監督は、『マイマイ新子と千年の魔法』の片渕須直（かたぶちすなお）さん。

広島生まれの主人公・浦野すずの嫁ぎ先、軍港の町・呉での戦争中の暮らしを描いた作品です。夢見る彼女ののんきで幸福な幼少時代を示したあと、映画が見せるのは嫁入りの十八歳、昭和十八年十二月から、終戦後の昭和二十一年一月まで。

夢想が得意、ぼうっとしたすず、絵を描くことが好きな彼女は、現代なら「天然」と評される愛されタイプで、勘違い、失敗やずっこけも多い。笑いのしかけもたっぷり用意されてドラマは進行します。

その声を演っている、のんさんがまた素晴らしい。そう『あまちゃん』の能年玲奈さんで、あまりにもぴったりの配役です。「ありゃあ」「弱ったねえ」なんて言葉ひとつ、「ふう」「ほわ〜」の息づかいひとつひとつまで、浦野すずを体現しています。アニメとはもともと「命を吹き込む」という意味ですが、まさにそれ。天才です（彼女がもっとリスペクトされますように）。

原作を忠実に踏まえて、映画も当時の町並、家、調度品、服装、風俗、言葉……を丹念に見せてゆきます。ミルクキャラメル、米つき瓶、着物をもんぺに縫い替えること、元モガの兄嫁、憲兵、女子挺身隊、楠公飯、防空壕、闇市、港に浮かぶ戦艦大和、敵機来襲、焼夷弾、原子爆弾……しだいに非日常のおかしなものが増えてきて、その非日常がすぐに日常へと化ける。

「気づかんうちにおかしなことが普通のことになる」。ぼくの母のセリフです。

「普通に暮らしていたつもりが」「じょじょに逃げられへんようになって」「身近な人が死んでゆく」

普通なのですね。人が生きてゆくってこと自体は。食べて寝て働いて。時代が変わっても、営みは同じ。気持ちも。故郷を思う心。家族に会いたい衝動。優しい友だちもイヤな人もコワい人もいて。すずは乱暴な兄を「鬼いちゃん」と陰で呼ぶ。出征後に届いた兄の遺骨代わりの石ころを見て「鬼いちゃんの脳みそ?」と言う。

笑顔も怒りも涙もある。恋もあれば、焼きもちも。夫婦ゲンカも。「お二人さん……それ、いませにゃいけんケンカかね…」と、すず夫婦が駅で言われたり。

戦時下であろうとなかろうと、「暮らし」って基本は普通なのです。ただその普通の位相が変わるだけ。とても大きく。この作品は、それを見せてくれます。戦争ではなく、戦災を描く映画。戦いではなく、人間の暮らし、営みを見せる映画。普通の普通の営みが、どれほど壊れやすく、どれほど貴重なものかを伝える映画。

笑いがたっぷり用意されていて、登場人物たちが笑っている。日本の、広島の未来、八月六日に何が待っているのかを知らずに。

よくわかりました。幸福が描かれれば描かれるほど、泣けるものなのです。

ただ、それは号泣ではない。静かにさめざめと泣く。泣いたあと、立ち上がらせる映画です。ぼくらには、守るに足るものがあるから。未来があるのですから。

すずが、夫にぽつりとつぶやきます。

「ありがとう　この世界の片隅に　うちを見つけてくれて　ありがとう」

片隅にはちっぽけな愛がある。

片隅がいっぱい集まってできあがっているのが、ぼくらの世界なんですよね。

おとうちゃん

昨年末、「ちょっとでも帰ってこられへんのか?」と電話で訊いてくる滋賀の実家の母に、「まだ年賀状書きが四百枚あって……」と東京から答えると、「あんた、つくづくおとうちゃんに似たなあ」と母はしみじみ嘆息するのでした。

「あの人も毎年、五百も六百も年賀状抱えて、年末の忙しいときに、こたつを占領してたんや」。なんでも「印刷のものを送るのは心がこもってない、意味ない、しょうもない」ということで、「全部ごていねいに手書き」で、「もう行ってない散髪屋さんにまで」送っていたそうです。年の瀬の大掃除に参加せず、ただただ年賀状に埋没する人となり「実にしんきくさかった」とのこと。

ぼくは似ているのかなあ?

年賀状を書く習慣のない妻は、年末部屋にこもるぼくのことをなんと思っているでしょうか？　ひょっとして「しんきくさい」？　叶わないことですが、妻や子どもたちにぼくの父を見せて、似てるかい？　なんて訊いてみたいなと、ときどき思います。「おとうちゃん」が死んだのは彼が五十二歳のとき。いまから四十年近く前の三月初旬のことでした。

そのときぼくは二十二歳。東京の私大の四年生で、その先五年生も六年生も約束された、つまり二年の留年が決定していた、極めてろくでもない親不孝息子でした。大学生は勉強より遊んで見聞を広めるべし、と何を読んだか誰に吹き込まれたのか、このオロカ者はほとんど授業に出ず、中野坂上の下宿に住まい、家賃・ごはん代以外は映画館通いやレコード買い、丸井の月賦、友人との飲み会で月々の仕送りはあっという間に使い果たし、残りの費用を捻出すべく複数のアルバイトに明け暮れる始末。

しかし、意外にも滋賀県に家族と住む父に最後に会って話をしたのが東京のぼくなのでした。

亡くなる前日に出張で上京した父は、ぼくのアパートに一泊し、用務先へ。その帰りの新幹線から、寒風吹く米原駅に降り立ったときに心臓発作にみまわれました。訃報を知ったのは、ぼくが新宿の映画館で三回目となる『エクソシスト』を見て帰った遅い時間でした（本当にろくでもない！）。電話を受けた大家さんが知らせてくれたのです。大家のおばちゃんは「ご家庭に不幸がありました」と告げました。おばあちゃんかな、とぼくは思ったのだけど、父だったとは。

前の夜、いっしょにごはんを食べ、ここにいたのに。

父の記憶

ぼくの人生で、父との接点はとても少なく、父といた時間は短いものでした。

農林省（現・農林水産省）の公務員、普通の給料とりです。戦後の高度経済成長期、昭和の父というのはどこもそういうものだったのでしょうか、ぼくの中の父は仕事ばかりしていた人で、遊んでもらった思い出なんて数えるほどしかありません。キャッチボールも三、四回くらいしかした記憶がなく、気まぐれにグローブを取りだし、父は寝間着姿の上に丹前を羽織ったままの姿で庭に出て、二十球ほどで「ふ～」

と終了しました。

日曜以外の夜はぎりぎりまで残業、帰宅は深夜近くです。顔を合わすのは慌ただしい朝の一瞬のみでした。身の回りの世話は母がすべて焼いていて、背広やカッターシャツ、ネクタイの準備、仕上げに靴下まで履かせてもらっていました。椅子にふんぞり返った姿を子ども心にも見かねたぼくが「靴下くらい自分で履けば」と言ったら、「うーさい、わしのよめさんや、ほっとけ」と居直り、「おかあちゃん、行ってきます」と、バイクでばたばたと駅に向かうのでした。母はただ笑っていました。このおかあちゃんにも問題があるなあといつも思っていました。

ぼくは四六時中母にべったりくっついているような、男の子にありがちな甘えん坊でしたが、脳裏に焼きついているのは父とのやりとりの方が多い。それは希少な時間、出来事だったからかもしれません。

父は澤田家においては養子の立場でした。元は「大辻」という姓です。戦後出会った女性（ぼくの母）が一人娘、父を亡くしたばかり、母との二人暮らしであったため、えいやっと澤田姓を選んでやってきた。実は父は大辻家の跡取り息子、唯一の男子だったのですが、全部二人の姉にまかせて、家を出たのです。

それはどれほどの英断であったことでしょう。当時の田舎でどれほどの騒ぎとなったことでしょう。「たいへんやったんや……」とだけ母は語ります。見るからに頼りなさげな婚約者の家に「助けに行ったろう」と考えた父。単純で熱血漢の男気だったのだろうと、ぼくは想像します。ちょっとカッコいいなあとも。だから靴下を多少いばって履かせてもらっていたくらいは許されるかもしれません。

死の前夜、東京のアパートで、いつもそんな話はしないのに、布団を並べて父と会話したのです。ちょっとだけお酒が入っていて、父は饒舌でした。

「橋のとこで、キスしたったんや」と母とのなれそめを語ったり。

そしてぼくはなんでそんなことを訊いたのだろう。どんな人生だったのかと尋ねたら、父は少し黙って考えたあと「一夜の夢や」と答えました。

遺言は？（って、ぼくは本当に何を予見してそんなことを訊いたのか）

「……兄弟なかよく」

まったく性格の違う、互いに気の合わない七つ違いの兄弟を、父は心配し、見抜いていたのでしょう。確かにいまでもそれは課題となって横たわっているなあ。兄さん、兄弟なかよくだってさ。

ぐわ〜〜

年賀状。小学生のぼくが寝ころがって本を読んでいるこたつの上で、父は確かに延々と戦っていました。ぼくがときおり体勢を変え、こたつが揺れると「こらっ！」と本気で怒鳴りました。ぼくはトラ猫のチーコとびくびくもぐり込んでいたもの。基本的に短気、すぐにかんしゃくを起こす人物であり、そこらへんはオンコーなぼくとは違う。

ともかく休みの日でも、なんだかずうっと書きものをしていて、ときおり両腕を上げ、伸びをして、突然「ぐわ〜〜」と叫んでいました。その声は家中に響き渡った。あれは間欠泉さながら、ストレスか何かを噴き出させていた瞬間だったのかも。小説家でもないのに、父は本当に何をやっていたのかなあ？

「株や」と、こないだ母は答えました。そうだった、思い出しました。父は『会社四季報』をそれこそ春夏秋冬手元に置き、むずかしい顔で表やグラフを作成していたのでした。定規で線を引くとき「ものさし、ガタガタになっとる！」とぼくをにらみました。「これでカッターを使うな」とおこった。ガタガタはそのせいではなく、これで隣のマサキくんとチャンバラをしていたせいだということは黙っていました。

株といっても数十万円くらいの小遣いを回す、一般庶民の趣味程度のものですが、とても真剣だったそうです。ただ母の言では「あんなに研究しているのにヘタ」で、「わたしがへそくりで買うてた株のほうが儲かってた」と。いずれにしてもそれらの株は、のちにかわいい次男の学資六年分へと消えていくのですが……。

いま思えば父の情熱は株で儲けること以上に、グラフの線をきれいに引くこと、新聞の切り抜きのスクラップブックをきれいに仕上げ、寸評を書き込み、きっちりインデックスをこしらえるといったことに、より注がれていたように思います。線が曲がったりすると、イラついてその紙をぐちゃぐちゃっと丸めて捨て、また溜息まじり、ちまちまとやり直すのでした。

それ、ぼくはなんかとてもわかる。そのへんは自分もとても似た。残されている父のきっちりした字や図形のノート群、写真のアルバムは、まるでいまの自分の録画コレクション、ＤＶＤの数十冊のファイルブックのインデックスと共鳴するかのようです。ぼくもまた整理がうまくいかないと、付箋紙とかをくしゃくしゃとうち捨て、一からやり直すタイプです。父は亡くなっても、こんなところに生きているんだなあ。

父の葬式で急ぎ帰郷。母が開口一番に言いました。

「母子家庭になってしもたな……」

二十二歳の息子相手に冗談かと思いましたが、案外真顔でした。計算すると、あのとき母は五十一歳でしたが、息子の目にはけっこう年老いて、ひと回り小さく頼りなく映りました。当時はまだものすごくぼんやりとですが、この人を守らなければならないなあ、と思ったものです。つまりその瞬間から父がぼくの中に舞い降りたのかもしれない。まあしかし現況は、母を守るどころか、まずはとっとと大学を卒業しなさい、という立場でしたが。

昨年末のぼくは、東京の一人暮らしの部屋で、会社の仕事をやっと終わらせたあと、机に向かって年賀状を書いていました。一枚一枚手書きで住所を記して、ひと言書き添える。書いても書いてもなかなか終わりません。ときおり伸びをする。

「ぐわ〜〜」という声が出て、はっとしました。

先日は、京都の妻からこんな報告がありました。

息子がかんしゃくもちで、いやになるとなんでもすぐにひっくり返して、ぷいっとあっちを向くと。

「こないだは、ぬり絵をやってて、ちょっとクレヨンの線がハミ出しただけで、もうぐちゃぐちゃっと丸めて捨てた」

誰に似たのかなあ……、と妻。

誰に似たかは明白であります。

川のある土地に

「川のある土地へ行きたいと思っていたのさ」

なんて歌ったのは井上陽水さんでしたが、ぼくもしょっちゅうそう思っているのです。「ねえ、君」って心でうたいながら。

緑濃い山あいから一本の渓流が流れていて。岸辺に降り立ち、流れに手をつけるとひやっと冷たい。水は澄んでいて、梅花藻（ばいかも）の白い花なんかが咲いていたらよいなあ。自然のままの川です。過剰なコンクリートの護岸やダム、人工の堰（せき）はありません。中空にはカゲロウやトビケラ、カワゲラ、ユスリカ等々、いたいけな水生昆虫が舞う豊かな川です。上流をじいっと見ていると、岩の真横のせせらぎで、ぽつん、ぽつん、と不連続に小さな水紋が生じます。あれは「ライズ」といって、漂う昆虫をねらう魚の捕食行動。あの水紋をライズリングと呼びます。

あのリングはイワナ？　いや、あの元気な跳ね方はヤマメかな？　そんな川を夢みるのです。ここまでの書き方、用語でおわかりの方もいらっしゃると思いますが、フライフィッシングですね。毛バリ釣り。独特の長靴（ウェイダー）を履いて、釣りのヴェストを羽織り、長い糸（ライン）を前後にひゅーんひゅーんと振ると、それが陽光にきらきらと映え、ぼくの気分は映画『リバー・ランズ・スルー・イット』のブラッド・ピットであります（「そんなよいもんか！」とツッコミの声）。

この楽しさを知ってから二十数年。旅先では、仕事であれ遊びであれ、川があればのぞき込むという習性が身につきました。

娘の好きな童謡「あめふりくまのこ」のクマの子は「さかながいるか」と川を見るのですが、まさにあれです。あの歌は結局「なんにもいない」のでつまらない。ぼくは娘にうたうたびに少しがっかりしています。しかもクマの子は「もいちどのぞいて」みるんだよね。「さかなをまちまち」。わかる、その気持ち！

通りがかりの川をのぞく。水面に前述のライズの輪＝釣り人にはたぶん指輪より幸せなリングを見つけようもんなら、心臓がどきんとひと打ち！　もうそれはトラウト類でなくても、ウグイでもボラでもドジョウでも、うれしくなってしまうのです。あの水紋の下には元気な腹ぺこのお魚さんがいるのだ！　って。

　つまり川が生きている！　ざわざわします。ああここに竿（ロッド）と疑似餌（フライ）があれば……なんて思ったことは百回や二百回ではありません。フィッシャーというのは、ともかく川や湖、池、なんなら水たまりさえも「のぞいてみる」生き物だといえましょう。

あたしとイワナとどっちが？

　地方に郵便配達の仕事をしている釣り好きの友人Aさんがいます。この人は配達の途中、橋を通るたびにバイクを止めて、川面を眺めているそうです。内緒です。「習性」なので許してあげてください。

　ぼくなどはそこまで傾注している者ではありませんが、Aさんは名うての釣りバカの一人。そのせいで奥さんはいつも不機嫌とのこと。

　ある夏、釣り仲間のBさんに奥さんがこぼしたそうです。「また今年も一本高い竿

を買った！」って。Bさんはあとで「本当は三本なんだけどねぇ」と笑う。Aさんは郵便局員なのに別の運送会社の営業所留めでこっそり注文しつづけているそう。妻にバレないように、ブツは友人の家に置かせてもらっているそうです。内緒です。釣行先、電波の届かない奥深い山中にもかかわらず、Aさんの電話だけ鳴ったといいます。奥さんから。全員ぞっとした、と。これは怪談として伝えられています。

趣味は高じると、得てしてこういった家族不信、家庭不和を呼ぶものであります。家族だけではない。ある友人は、つきあっていた恋人に「あたしとイワナとどっちが大事なの⁉」と詰問され、ウソのつけない彼は正直に答えてしまい恋が終わったと聞きました。これは釣り人には絶対にしてはいけない究極の問いかけなのです。

そんな話は山ほどある。ぼくのフライフィッシングの師匠は、「家族の機嫌を気にする者は上達しない」とさえ断言しています。

身内の関係性やご機嫌はともかく、釣り仲間同士は仲がよく、いつもご機嫌です。長い釣行に出ると、ずっと寝食をともにします。ぼくも同行させてもらったことがあるのですが、彼らは目覚めてから眠るまで、ずうっと釣りの話しかしない。きょう君が釣ったあのニジマスは自分が去年釣ってリリースしたやつで、名前が書いてあったろう？　とか。はあはあ笑って、飽くことなくしゃべっている。自慢が七割かな。彼らといっしょにいる時間がぼくは大好きです。別ジャンルでは、プロレス愛好仲間というものも存在しますね。共通項はひとつ、「バカ」ということです。

九〇年代、釣りの体験取材でアメリカ、ミシガン州に行きました。ぼくとカメラマンが昨日釣ったそれぞれの魚の大きさを自慢しあっていたら、アメリカ人の運転手が笑って言う。

「日本語は全然わかんないけど、君たちが何の話をしているかわかるよ」

両手でサイズを（大きめに）示すのは、世界共通の身ぶりです。

川はどこに行った？

「電力は選ぶ時代2」という特集で、長野県諏訪市の山を歩く機会を得ました。

メガソーラー計画によって広範囲にわたり木々が伐採され、森が消える山。先の特集をお読みになった方から、太陽光発電が最良とは限らない、といったお手紙が来たのです。その方たちは、危機にさらされている山を案内してくださるということで、まあともかくその現地を歩いてみようという下取材です。ルポは90号をご覧いただくとして、ぼくが感じ入ったのは、やっぱり一本の川でした。

谷間を流れるまごうかたなき清流で、上にはかの霧ヶ峰をいただき、あちこちの山肌から湧水がしみ出ています。巨(おお)きな森と山塊が雨をため込み、時間をかけて美しい水にする。その水が井戸水に、あるいは川をつくって、虫や魚、鳥、獣をはぐくみ、自然の巡りをささえ、やがて麓の町全体を潤すのです。

まさしく川のある土地でした。案内の人に「イワナいますかね?」と、ついでっぽく訊いてみると、「いますよ」と即答。「うひゃあ!」とぼくは間抜けな声を上げていました。道は川伝い、ぼくはずっと清流を横目でにらみつつ登っていくのでした。

けれど、あとでぼくは、この川自体もやがて大工事でつぶされ暗渠(あんきょ)=地下水路となると聞き、別の種類の悲鳴を上げることになります。この豊かな穏やかなせせらぎが消えていいのか? シンプルにそう思いました。このときに、太陽光発電事業が自然に優しいとは限らないことをはっきり実感したのです。

単に趣味で始めたフライフィッシングですが、始めると日本中でこういう話ばかりを聞くことになりました。川が壊される話です。川あるところに工事あり。今日あたりまえに流れている川が、来月にはなくなってしまう。「どこかに工事できる川はないか?」「予算があるから、ここも工事しちゃおう」「堰をつくろう」「いっそダムを」なんて会話が、いにしえの高度経済成長期以降いまに至るまでずっと交わされているのでしょう。

川を意識すると、たとえばぼくの故郷に思いが向かいます。琵琶湖のある滋賀県で、湖に流れ込む河川は何本もあるのですが、川というより「水路」というべき風貌になってきたのです。実家のある地元の川は治水とかで、自然のくねくねの蛇行がまっすぐのコンクリート製のものに変えられました。それがもう四十年ほど前。当時父は反対意見を強く唱えていたと、のちに母に聞きました。「川はくねっているから美しいんだ」って。正論ですね。粗い工事で、いまは流れの両脇に鋼板が打ちつけられたまま放置され、錆びついて、言ってみれば東京の神田川より見た目が悪い。

父の言う通り、川は自然の石や、岸辺に草木があって、その陰で昆虫、魚が育ち、鳥や動物が来て、命がつながってゆくというのに。それをストップする狙いはなんだ？　金か？

カヌーイストの野田知佑さんが、かつておっしゃっていたものです。

「美しい川があったら、その流域に人が住んでいないってことだよ」

悲しいけれど、真実だと思います。

カヌーイストは幾本もの川を見て川に触れて、社会が見える。民度を知る、という。フライフィッシャーもそういうところがあります。魚の有無以前に、川と触れる喜びを追求しているのです（「魚が無」だとめっぽうさびしいのだけど）。

実はそれは川人だけではない。あるサーファーと話していたら、「ぼくらもそうだよ」って。彼らは河口近く、つまり川の出口にボードを浮かべる機会がけっこうある。そこに流されてくるものを目撃し、濁りを体感し、だからそれがどんな川か、流域がどんな土地かがよくわかる、とのことでした。なるほどです。

本物の川は確実に減っています。
行きたいのは、川のある土地。水路のある土地ではない。
昔の川はどれくらい美しかったのでしょうね。地方に限らず、町の川も。
かつて瀧廉太郎が作曲した「花」。春のうらら、櫂のしづくも花と散る……なんて、
そのときの川はどれくらい美しかったのだろうなあ？　うっとり夢想します。
少なくとも、どこの川も、幸福のライズリングはいっぱいできていたはずです。

「桜三月散歩道」長谷邦夫作詞　井上陽水作曲
「あめふりくまのこ」鶴見正夫作詞　湯山昭作曲
「花」武島羽衣作詞　瀧廉太郎作曲

四十五年の時間旅行

見渡すかぎり還暦の人々——なんでしょう?

答えは、ぼくの中学校の同窓会。八月のお盆の前の日曜日正午、東京から郷里の滋賀県東近江市に帰ってきたのです。駅前のホテル、二階のホールにたどり着くと、さんざめき、ひしめきあって、いるいる、懐かしき旧友たちが。

入り口で、さっそく地元のT子ちゃんに出くわしました。この人とは保育園からいっしょ、くりくりの目はいまも特徴的で、すぐわかる。

「わあ、ヤスー!」。ヤスーとはぼくのことです。

「ちょっと太ったんちゃうか?」。四十五年ぶりのセリフとは思えません。

「T子ちゃん、久しぶり。いくつになったん?」と少しボケてみると、「秘密や。当てて」と即座にボケ返してくる。これこれこういうノリがわが郷里なのであります。

同窓生の半数、約百人が出席とのこと。四人の先生とホテル従業員以外、全員が六十歳か六十一歳というのが可笑（おか）しい。男女半々くらい。女子は着飾っていて素敵。男子は禿頭率が高いなあ。中学生にとっては六十歳なんて天文学的な値で、『マグマ大使』でいうとアース様のような老人だと捉えていましたが、なってみると、まあまあそこそこ元気で、おじいさん感は我ながらあまりない。

とはいえ、見た目の変化が大きい人もいるので、全員が平等に名札をつけさせられました。ぼくのは《3年3組　澤田康彦》。

Y江ちゃんが駆けてきて、「ヤスー、『暮しの手帖』、読んでるでぇ」。……おお、知ってくれてるのね！「ありがと」と礼を言うと、「立ち読みやけどな」と返す。そうそう、それそれ、そういうタッチがうれしいんです。でも何人かは実際に定期購読してくれているとの情報も。ありがたいかぎりです。

ん、あれは誰かな？　白のカッターシャツに黒の背広、オールバックで貫禄ある姿は「何先生だったっけ？」と思ったら、幹事長のM君でした。握手しつつ、「よう帰ってきてくれたなあ」と、言い方にも貫禄があります。

現在も東京で毎月のように会っている親友S君も帰郷して参加、かねてより鼻息荒く練っていた片思いの女子への告白プラン（いまごろ！）に沿って、さっそく声がけしている様子です。がんばれえ。でも見るからにへどもどしてるぞ。あれれ、名刺渡して、もうおしまいかい？

「ヘイ・ジュード」の思い出

その向こうからY君がひょこひょこやってきた。歩き方、変わらないもんだなあ。「ヤスー、ビートルズ聴いてるけ？」。わが地元の友はあの人もこの人も、つい先月会ったかのような話しかけ方をしてきます。

「聴いてる聴いてる」「おまえの家で長いこと聴いてたなあ」

聴いてた聴いてた。なけなしの小遣いで買ったシングルレコードの「ヘルプ」「レディ・マドンナ」「ヘイ・ジュード」「レット・イット・ビー」……A面B面、何回でも針を落とし、男子ふたり並んでじっと聴いていました。タケダのプラッシー飲みな

がら、「やっぱりジョンや」「いやオレはポールやわ」って、普通のしょうもない会話です。

気づけば陽も沈んで、うちの母が「もう帰り」と言いにくると、Y君は「うん」とうなずき、自分のレコード抱えて、自転車漕ぎ漕ぎ遠い道を帰っていくのでした。

あのころはウソみたいに時間があった。お金はないけど、時間だけはたっぷり。それこそ湯水のように時間を使うという、ある種の贅沢三昧です。けれど手に入らぬ好きなものが山ほどあって、「憧れ」が田舎の少年の体の主成分でした。

ちなみにぼくは修学旅行のバスで、大好きなあまり「ヘイ・ジュード」をうたいだしてしまい、最後の「ダーダダ……」の長いリフレインの終わらせ方がわからずに延々とやって大すべりした苦い思い出があります。みんなが天地真理とか野口五郎とかをうたうなかで、こういう英語の唄を熱唱してしまうような人物を指して、関西では「イキってる」と言い、嘲笑の対象となるものであります。大人になってからはいま自分はイキっていないか、行動には常に気をつけております（親友S君はいまだに揶揄してくるものなあ、油断しているところに「サワダ、ヘイ・ジュード」）。

さらにちなみにですが、昨年ポール・マッカートニーのコンサートに行ったとき、本物の「ヘイ・ジュード」をうっとり聴きつつ、「はあ、ポール師匠はこう終わらせるのかあ」と感心したものであります。

中学校の同窓会は面白い。高校や大学のそれとは違って、地元感が強いのです。ずっとここに住んでいる人も相当数いる。農業や林業、お坊さんに市会議員にヤンキーも。そんな彼ら彼女らが、みんな「ヤスー」って言ってくれる。「おかえり」って。それはとても幸せなことです。

ぼくらの中学生時代は、一九七〇年から七三年にかけてです。大阪万博に夢中になり、『小さな恋のメロディ』に心奪われ、あさま山荘事件を理科室のテレビで見ていました。音楽情報はラジオが主体で、リクエストしたり、東京の聴き取りにくい、遠い遠い文化放送のポップス・ベストテンを必死でメモしたり。ビートルズの解散もこの時代で、好きになるなり終わってしまった、初恋のようなバンドです。

あ、ゴリィ発見！ 懐かしい。「ゴリィ」というあだ名がぴったり、いがぐり頭がいまも健在のT君は、当時『仮面ライダー』の大ファンでした。休み時間になると「しゅっ」と言いつつチョップを繰り出してきた。手加減しないから痛かったなあ。自分以外の男子を全員ショッカーと見なしていたもようです。

「ゴリィ、まだ『仮面ライダー』見てる?」と訊いてみたら、T君は「なんでやねん」と恥ずかしがる。へえ、照れるのか。意外な反応です。

ステージでは当時の写真が次々投影されています。モノクロだ。もう存在しない木造の校舎。教室、中庭、部活動、修学旅行……映し出されるどの顔も実に幼い。当人たちは一人前の気持ちでいたのだろうけど、子どもと青年の中間です。特に男子のサエないことダサいこと、この上ありません。あっちで肩を組み、こっちでヘッドロック。そう、中学生男子はべたべたとくっつき合うんですよね。見るからに汗くさそうで、瞬時にあの日々の匂いが鼻腔(びこう)に蘇りました。油びきの床、給食のパン、体操着、プールのカルキ、レモン石鹼、薪ストーブの匂い。

同時にいにしえの少年たちのバカ姿に、ぼくの現在の息子の像がぴたり重なるのでした。まだ五歳ですが、着実に男子道を歩み始めており、それが証拠にたとえばいまは『ウルトラマン』のことしか考えていません。電話に出るなり「おとうさん、ベムラーってさ」とか。娘の方は全然そんなことは言ってこなかったので、やはり男女は異種の生物だと思います。これから彼もいよいよさくなり、いずれ「ターッ」とケムール人である父を征伐しに向かってくるでしょう。バカ男子の魂、永遠なり。

ホールを見渡せば還暦ばかり。それは事実ですが、四十五年前が、扉を一枚隔てたほんの隣にあるような不思議な感覚がするのです。そこからすっと抜け出てきただけのような眩しい今日。次の扉を開けたら、そこは何年後で、何人のぼくらが立っているのでしょうか？

目の回るような時の流れのなかで、普通に時空を旅しているような気になる六十代の始まり。

幹事K君の発表によると、物故者は八人。名前を聞けば姿かたちをほんのり思い出し、心がしんとする。最初に黙禱をささげ、会は始まりました。

ただ、しんみりしたのはその時だけで、あとはあっというまに当時のままの無秩序な集団と化す。やたら握手し続けている人や、ひざかっくんしてくるヤツ、先生に寄っかかって泣いて、「あの日の誤解」のことでカランでくる生徒もいたり（教職ってつくづく大変だ）。二次会を経て、三次会は深夜まで。気づけばぼくは酔って、くらくらになっていました。

実家の母に言わせると、にやにや顔で帰宅、その顔のまま昼まで寝ていたそうです。

あとがき

畏友・小池アミイゴ画伯から届いたカバー絵は、ばら色の鴨川デルタです。飛び石を跳ねる四人家族。もうひとりの畏友・名久井直子さん装丁のカバーの裏表紙をじっと見ると、右奥に林立するのは新宿高層ビルでしょうか。とぼとぼと向かう人の影もまたぼくなのか。胸が痛くなるほど美しい色です。本の表と裏に二人の男。そう、まさにそんなふうに自分は京都と東京の間を行き交っています。

「わがこころ高原にあり」とつぶやくのは、サローヤンの小説に出てくる老人ですが、それになぞらえれば「わがこころ京都にあり」byサワやん。なんといわれても京都の町ですくすくと育っているであろう子どもたち、そして美しい（と書いておこう）妻。その日常にまるで立ち会えていないぼくは、東国の都でひとり何をしているのだろう？　暮しの手帖？　くらし、の⁉

なんてボヤく一方で、さびしさまぎれを言い訳に、先日は高価なスピーカー、アンプ等をほくほくと買い込みました。日曜日の夕べ、音量を上げて七〇年代のプログレを聴く。大量に買い込んだ赤ワインの栓を抜く。「にいさん、それ神様からのご褒美でっせ」と、ぼくのなかのやさしい悪魔がささやくのです。そ、そうだよね、がんばってるもんね……ぼくは自分に甘い東洋級チャンピオンです。甘色の東京。

連休や春休み、夏休みには子どもたちがやってきます。昨日までグレース・ケリーとケーリー・グラントが抱き合っていたテレビモニターでは、今日はウルトラマンとゴモラがとっ組み合っている。

娘・息子には久々に会えてとてもうれしい。ぎゅっとしたりプロレスしたり絵本読んだりと、はしゃぐわけですが、それはまあ数十分のこと。あとは、おかず残す、けんかする、宿題しない、片づけない……怪獣フィギュアを踏んづけて「あいたた」となる、うんちが出たと呼ばれお尻を拭かされる……（美しい）妻が「外で遊んだげて」と強めに言い残し仕事に出て孤立無援となる。昼はしたい放題おおあばれして、夜は九時に寝る、身勝手な二体の動物。こいつらを守るのが育児というものだったということを思い出します。必ずしもよいものではなかった！

この本のなかの子どもたちとの日々の描写が、もし「ばら色」に映ったとしたら、それは書き手がリアル育児というものをうっかり忘却しているせいかもしれません。自分という人間はつらいことをすぐ忘れ、過ぎた日々の事象は美しく塗り替えてしまう傾向にあるようです。

けれど確かに子どもたちはとびきりかわいかった（気がする）のだけどなあ。


いまの東京での仕事＝『暮しの手帖』の編集は新鮮です。びっくりするくらいに真面目で丁寧な若い編集者、営業担当たちが新しい仲間。彼らと「暮らし」をめぐるあらゆる情報を、ああでもないこうでもない、ああであるこうであると、企画から取材、デザイン、検証（試作）を経て、何度も直した末、やっと出来上がる二カ月に一度の刊行物です。七十年間広告を入れてこなかった極めて特異な雑誌。普通は収支を考えれば切り離せない広告がきれいさっぱりない。スポンサーへの忖度は無用。読者とだけ向き合える気持ちよさ。花森安治初代編集長が残してくれたそんな真っ当で貴重な本づくりがいまも続いている奇跡、まぜてもらった幸運に感謝せねばなりません（同時に「売らねばつぶれる！」というプレッシャーも相当のものです）。

この本はそこでの連載エッセイ「薔薇色の雲 亜麻色の髪」が中心となっています。ヴィレッジ・シンガーズ、ジョルジュ・サンド、クロード・ドビュッシー、エディット・ピアフ、高橋幸宏……子どものころからこれまでずっと聴いたり読んだりしていた薔薇色と亜麻色は、実際どんな色彩かどうもよくわからない、ただ憧れの語感。ただただノスタルジックな気配に惹かれてタイトルにいただき、本書の題名もそこから取りました。でも本質はサブタイトルの「大いにあわてる」のほうにあります。あわててばかりの人生であるなあ。

暮しの手帖社の者ですが、自社から自分の本を出して宣伝したりするのは面映ゆく、さらにあわてることとなりそうなので、よその出版社様から出していただくことにしました。ややこしい編集の労を執っていただいた阿達ヒトミさんに感謝します。ああ、そういえばＰＨＰ研究所も京都と東京でしたね。なんか親近感が湧き、ほっとします。

絵——小池アミイゴ
装幀——名久井直子

澤田康彦（さわだ　やすひこ）

『暮しの手帖』編集長。1957年滋賀県東近江市生まれ。上智大学外国語学部フランス語学科卒。在学中『本の雑誌』の書店配本部隊や、椎名誠「怪しい探検隊」にドレイ隊員として参加。82年平凡出版（現・マガジンハウス）に入社。『BRUTUS』『Tarzan』等の編集者、書籍部編集長を務める。本業の傍ら、執筆、映画の企画、素人短歌会主宰等々、活動は多岐にわたる。マガジンハウス退社後、フリー編集者兼育児主夫を経て、2015年『暮しの手帖』編集長に就任。妻は女優の本上まなみ。家族のいる京都と、赴任先の東京を行き来する日々。

ばら色の京都 あま色の東京

『暮しの手帖』新編集長、大いにあわてる

2019年1月9日　第1版第1刷発行

著　者　澤田康彦

発行者　後藤淳一

発行所　株式会社ＰＨＰ研究所

東京本部　〒135-8137　江東区豊洲5-6-52

第四制作部人生教養課　☎03-3520-9614（編集）

普及部　☎03-3520-9630（販売）

京都本部　〒601-8411　京都市南区西九条北ノ内町11

PHP INTERFACE　https://www.php.co.jp/

制作協力
組　版　株式会社ＰＨＰエディターズ・グループ

印刷所　株式会社精興社

製本所　株式会社大進堂

ISBN978-4-569-84177-9